陳舜臣◉大時代三部曲

憤怒的菩薩

游若琪──譯

怒りの菩薩

目次

【出版緣起】大時代下的身世飄零與歸屬——重訪陳舜臣

二〇一三年初，我因為得到國外經費的支援，有機會到日本進行約兩年的博士後研究。以往雖有多次出國經驗，但多是短期停留，因此，這算是我第一次以「外國人」的身分，學習如何在不同文化習慣的社會環境中生活。

在日本期間，除了有些語言障礙，我在日常生活中，其實不常遭遇到自己被視為是「少數人」的「差別待遇」。然而，當地朋友卻對我這個「新參者」如何看待日本社會感到好奇，時不時會拋出一些問題。有些議題是我以往在台灣不曾面臨也未曾思考過的，其中之一就是「從『外國人』的立場，如何看待日本社會中的『外國人問題』？」坦白說，當我初次聽到這個問題時，內心除了感到困惑，也有些尷尬與不悅，因為「我就是個『外國人』啊，要如何將『自己』當作個『問題』來分析呢？」

後來，我逐漸理解，日本朋友在提問中所指稱的「外國人」，並不包括我在內，他們指涉的是一群「於日本出生、成長，但始終以『外國人』身分在當地生活的少數群體」；「外國人問題」，可說是存在於日本社會的一種「少數族群問題」。另方面，在日本，「外國人問題」確實相當複雜，主因在於「在日外國人」的身分及概念，並沒有相當明確的定義與界線，實際上包含來自不同地方、歷史淵源的群體，例如在日朝鮮人、在日台灣人、在日中國人、華僑等等。狹義而言，「在日外國人」是指戰前由舊殖民地朝鮮、台灣移居日本「內地」，並且在戰後仍持續居留日本的少數群體。戰後，日本政府將這群人排除在「日本國民」的範圍之外，導致他們喪失了日本國籍，一夕間成為「外國人」，因此形成了「在日朝鮮人」、「在日台灣人」等身分團體。廣義而言，許多戰前、戰後移居日本，但始終未取得日本國籍的外來移民，也被包含於「在日外國人」的範圍內。我來自台灣，最常被詢問也最關切的自然是「在日台灣人」問題，但也必須承認自己對於「他們」的處境了解甚淺。當有次被問及「你認為『他們』是『台灣人』嗎？」我既困惑也不安，始終無法給個答案，因為「他們的歷史」並未被寫入我以往熟知的「台灣史」當中啊！

因此，我在既有的工作之餘，也開始閱讀關於「在日外國人」、「在日台灣人」等議題的研究及報導，並且試著與當地朋友討論，希望藉此替自己補課，沒想到卻誤打誤撞進而開啟了一連串特殊的「機遇」。而這段故事則始於課堂上的幾次無心閒談。

故事的開始：與陳舜臣的邂逅

我的日語會話老師便是個深富好奇心又喜歡用各種問題考我的日本人，他是個不折不扣的歷史小說迷，有次突然聊起「可以跟司馬遼太郎比較的該算是陳舜臣，他們兩人是同窗也是好友，但作品特色不太相同，司馬遼太郎是寫日本戰國時代及幕末最佳，但陳舜臣是中國歷史小說第一人！我曾經是透過他的作品了解中國歷史。」「比起來，司馬先生強在塑造人物，但陳舜臣先生的文筆更佳，簡潔明白！」他接著問我有沒有讀過陳舜臣的作品？並且建議我可以讀讀陳舜臣的隨筆來練習日文。「陳舜臣？」對我而言，這是個既熟悉又陌生的名字，因為，二十多年前，台灣本地的出版社曾經翻譯、出版了一系列陳舜臣的推理小說與歷史小說，我從記憶中翻出一本本曾經閱讀過的陳舜臣作品，心想：「原來司馬遼太郎跟陳舜臣是好朋友！但為什麼好久沒聽到這位大作家的消息？」我當時不知為何靈光一現回答：「當然讀過喔！因為，陳舜臣雖然是戰前出生在神戶，但他老家在台灣，算是『在日台灣人』，而且，他戰後後曾經回到台灣，不久才又返回日本。」老師相當驚訝：「我只知道陳舜臣是出生在神戶的『華僑』，並不知道他是台灣人！記得他曾經是『中國國籍』，後來才入了日本籍！」「中國國籍？」我有點困惑，回答：「那指的應該是『中華民國國籍』吧？戰前出生在日本的台灣人，通常會持『中華民國護照』……。」但老師斬釘截鐵地回答：「不！他應該是拿『中華人民共和國護照』。」這答案令我大驚失色，暗想：「陳舜臣怎麼可能從『在日台灣人』、『華僑』，突然變成有對岸國籍的『在日中國人』呢？」接著幾天，我開始找尋資料，希望能釐清困惑，沒想到卻遭遇一個又一個難解的疑問，「陳舜臣」這個名字背後似乎隱藏了一個巨大的歷史謎團！

大約一星期後，日文老師與我又在課堂談到有關陳舜臣的話題。我憑藉掌握到的資訊，向老師拼湊出一個簡單卻不完整的「陳舜臣圖像」：「一九二四年，陳舜臣出生於日本神戶，原籍是台灣新莊，父親一代從台灣到日本後，在神戶從事進出口貿易，活躍於當地華僑商界，所以戰前陳家人似乎同時擁有日本國民、台灣人、華僑等多重身分！陳舜臣與司馬遼太郎同樣就讀大阪外國語學校，畢業後留校擔任助手，專攻印度語，不料一九四五年日本戰敗，所有殖民地出身的『外地人』都喪失日本國籍，使他一夕間成為『外國人』，同時也失去原本在國立大學的職位。一九四六年，陳舜臣連同弟弟一起回台，任職於新莊當地的中學，教授英文。或許是因為二二八事件的影響，他僅在『故鄉』短暫停留了三年，一九四九年就離開台灣，再次回到神戶，很長一段時間都未曾再前往台灣。回到神戶後，他在家中從事貿易工作，十多年後，突然動筆從事小說創作，從此進入文壇。日台斷交、日中建交後，一九七三年，陳舜臣申請取得『中華人民共和國國籍』，經常前往中國，在身分上成為在日本的中國國民。然而，一九八九年，由於北京發生六四天安門事件，他深受衝擊，同年宣布放棄中國國籍，加入日本籍。因此，相隔了半個多世紀，陳舜臣又再次成為『日本人』！並且在一九九〇年再次回到台灣。」我跟老師都驚嘆這真是個曲折的過程！同時也因得知陳先生近年來長期臥病的訊息而感到惋惜。

然而，這個不完整的圖像，非但未能解答我們的疑惑，反而讓我開始更積極地重新閱讀手邊能夠取得的陳舜臣作品，並且希望以他為窗口，進一步了解「在日台灣人」的歷史處境。如今回想起來，這是一次相當特別的閱讀經驗。我有時會感到困惑甚至焦慮，因為遲遲未能從這些小說及隨筆作品中，辨識出「台灣人」陳舜臣的具體形象！陳舜臣的書寫題材相當廣泛，由神戶、中國擴及至草原、海洋，但卻很少在作品中談論自己的內心世界。相較於其他殖民地出身的「在日外國人作家」，他似乎未曾以自己在日本的邊緣處境作為創作主題，對日本的殖民統治與社會差別做出嚴厲批判。或許是因為日文書寫特有的淡然筆調，陳舜臣在作品中，並不強調濃重的感情與情緒，面對歷史上出現的戰爭、動亂、主角人物的艱難選擇，乃至他所深愛的家鄉神戶遭到毀滅性破壞，他也僅是客觀描述，偶爾表露對世事曲折的感嘆。另方面，再次閱讀陳舜臣，卻也讓人發現他有異於同期作家的廣闊視野！陳舜臣筆下的華僑偵探、口岸商賈、乃至落魄天涯的革命家等故事主角，多半是現實社會中的邊緣人物，卻不拘於一隅，反而遊走於既有的界線，甚至開拓出未曾有的想像空間。因此，在他筆下，海洋、草原、沙漠都不是限制人們活動的邊境，而是傳遞物質和文化的通道，更是自由的象徵。我猜想，或許陳舜臣正是以此挑戰始終束縛他的國籍問題。

二〇一四年夏天，我正好有個機會前往神戶參加一個研究活動，由於這是在日本生活的最後一個夏天，所以我也趁機安排了一次周遊西日本的畢業旅行。行前規劃旅程時，無意間發現神戶當地將設立一座「陳舜臣亞細亞文藝館」，表彰這位作家的文學成就及其對神戶的貢獻。因此，「尋訪陳舜臣」便成了此行的重點。

相逢：小說家從未遠去的身影

記得那是個炎熱的夏日，當我拉著行李走出神戶三宮車站時，隨即湧現一股異樣的情緒。事實上這只是我第二次到神戶，非但無法說出眼前的街景與建築物名稱，如果不依賴手中的地圖與當地指標，也難以前往元町、南京町、海岸通、神戶港等地。但經過這大半年來大量閱讀陳舜臣的作品，感覺起來卻似乎是來到了一座熟悉的城市。

午後，往海邊走去，先參觀了位於南京町中華街附近的神戶華僑歷史博物館。陳舜臣筆下的華僑偵探陶展文，正是活躍於這個充滿各色人等的海岸地帶，而陳舜臣家族的舊居「三色之家」也在附近。根據館員的介紹，陳舜臣與司馬遼太郎常在博物館碰面閒談，館內還掛著一幅兩位文豪會面時的珍貴寫真。館員也告訴我，正在試營運階段的「陳舜臣亞細亞文藝館」離此地不遠，問明地址及方向後，我便獨自前往位於神戶港埠頭附近的文藝館一探究竟！不料，我走著走著卻在神戶港附近迷了路，歷經波折方抵達目的地。進入館內，發現內部空間不大且相當安靜，直到幾位長者用日語向我搭話，我才知道來對地方！幾位老人家都是館內志工，我是當天唯一的參訪者，起初他們相當困惑為何有個年輕人大熱天跑到此地，但一知道我來自台灣，便熱情地開始介紹各種典藏。無奈，我的日語會話能力實在沒什麼長進，更不熟悉當地口音，僅片面了解他們所提到的幾個人名，何既明、李登輝等都是我熟悉的名字，但他們跟陳舜臣有什麼關係？我暗自感到疑惑。

正當我在參觀陳舜臣寫作使用的工具與手寫原稿之際，不經意發現一份印刷資料，原來陳舜臣曾在神戶新聞及一份名為《陳舜臣中國圖書館》的刊物上，連載他的半生傳記。因此，我開始一篇篇細讀這份資料，而在那個下午，我過去曾在閱讀其作品的過程中出現的疑惑，居然都有了初步的答案！

陳舜臣在系列連載中，不但記錄了家族從台灣移居神戶的發展，敘述自己在神戶的成長過程，也提及他跟台灣的文化與血脈因緣。令我感到驚訝的是，陳舜臣以相當多的篇幅，敘述戰後三年他的「台灣經驗」，包括他在台北及新莊當地的所見所聞、學校中的人事關係，在家鄉遭遇的另一種語言衝突等等。原來，陳舜臣是受好友何既明的鼓吹而決定回台，因為「台灣雖說是我的故鄉，可是我只有在那裡短暫停留兩、三次。這回我終於有機會能夠親眼親耳去體驗從何既明那裡聽來的故鄉台灣。」何既明是日後台灣醫界著名的醫師。戰前，陳舜臣與何既明便因兩家是世交而成為好友，且陳舜臣深受這位朋友的影響。同一時間，何既明也在從日本到台灣的運補船上，結識了留日學生李登輝，兩人成為終身摯友。陳舜臣、何既明、李登輝這幾個我再熟悉不過的名字，竟因戰爭造成的動亂結下了因緣，但最終卻因為二二八事件走上不同的道路。

由於時間已近閉館，而我卻仍未消化完手邊的閱讀資料，雖然無禮但也只能碰碰運氣向志工詢問是否能影印這份連載。怎知有位志工伯伯突然拿出一本書，告訴我這系列連載早已集結修改出版，成為他手上那本名為《半路上》的傳記著作！當我翻開書，內心實在百味交陳，因為這本書出版於二〇〇三年，算起來已有十年之久，但包括我在內的中文世界讀者、出版界、研究學者，卻不曾聽聞也從未討論過這本傳記，這似乎代表陳舜臣確實已被眾人遺忘了！我試著想像，當時年近八十且因腦溢血而行動不便的作家，是以什麼心情寫下這份生涯紀錄？他將這本書定名為《半路上》，是因為胸懷未竟之志，而有繼續寫作的計畫？或是對自己走過的人生道路仍有未解的困惑？「自己到底是誰？或許長久以來，心中總是沒有拋開這個疑惑吧。年幼時期的自言自語，其實就是我成為作家的出發點，每次只要回頭展望，就能看到當初自己的起點，也能重新找到自己現在身處的定位。」我反覆琢磨陳舜臣寫下的這段話。

記下手邊《半路上》一書的出版資料，匆匆謝過志工的幫忙後，我便離開文藝館。但望著神戶海邊的朗朗青空，思緒及心情卻有些混亂，因此隨手在路邊的自動販賣機按了罐冰可樂喝，順便整理一下腦中混亂的想法。思慮略為沉澱後，我在腦海中逐漸形成兩個構想：一方面，陳舜臣先生的生涯與他寫下的紀錄，確實有助於中文世界的讀者了解「在日台灣人」的歷史經驗，或許有機會能在台灣翻譯出版《半路上》；另方面，《半路上》實際上是一部「半生記」，陳舜臣雖在書中細數了他自出生到出道成為作家的點滴，但對後半生的記敘相對較少，讀者無法了解他為何在寫作黃金期，突然選擇加入中國籍，放棄了回台灣的機會？我想或許能透過拍攝紀錄片或傳記書寫的方式，補上一些空白，更清楚呈現陳舜臣先生走過的生命軌跡。

此外，我當時已得知有日本及台灣的紀錄片團隊，正在拍攝以殖民時期台灣的「日本語世代」及「在台出生的日本人」（灣生）為主題的歷史紀錄片，但似乎都忽略了「在日台灣人」的歷史處境。我認為，由於日本帝國在短期內由擴張到崩潰，導致大量人口必須在快速變化的界線中移動，各種身分及文化認同都處於極不穩定的狀態。然而冷戰各方當時卻迅速建立意識型態的僵硬壁壘，瞬間阻擋了人群的移動，並且劃分出政治、語言、文化等各種界線，因此同時形成了如「日本語世代」、「灣生」或「在日台灣人」等身分群體。記得曾聽一位學者這麼形容：「日本語世代、灣生、在日台灣人，都算是習慣以日語溝通的『台灣人』！承載了複雜多變的東亞近代史。」無論此種說法是否適切，我想，拍攝一部以陳舜臣生涯為主題的影像紀錄片，應該都能使台灣人或台灣史的圖像更為完整。

那天下午，我雖然已形成初步構想，但也深知這是個困難的工程，必須從長計議。然而，啟動任何事業也像「滾雪球」，只要起心動念，再找到一片濕漉漉的雪，或發現一座坡度剛好的斜坡，「雪球」就會開始滾動！只是我從未料到，居然這麼快就找到那片「濕雪」！當天晚上，同行的研究團體有個晚餐聚會，參加者中有神戶當地研究華僑貿易的著名學者陳來幸教授，我突然動念「陳教授世居神戶，或許認識陳舜臣先生的家人」，因此託人代為詢問，未料陳老師的回覆竟是「陳舜臣是我的二伯」，得知這個訊息，真是令人喜出望外！我因一些關係，很早就得知陳教授的大名及業績，但並不熟識，居然誤打誤撞得到她的協助，如今回顧，整個計畫構想能如「滾雪球」一般啟動，終能成形，大多時候，都是仰賴來幸老師出手相助。

結束在關西的畢業旅行後，我回到東京，繼續完成手上的工作，再不久，便離開日本返回台灣，結束了在日本的「外國人生活」。在這段期間，我持續與幾個朋友討論如何完成整個計畫，最終，大家決定創立一間公司、一個團隊，跨出學界，到未曾涉足的市場上尋找完成計畫的各種資源。

故事不曾結束：我們的路仍在繼續

經由許多人的合作與努力，我們的計畫逐漸得到關鍵性的發展資源，並且逐漸發展出不同於其他內容製作計畫的特色。整個計畫的核心精神與執行方向同時包含兩個內容：「大時代下的陳舜臣」與「陳舜臣筆下的時代故事」，即陳舜臣本人的故事與他筆下的創作。具體的內容呈現最初包含兩部分：影像紀錄與作品出版。然而，我們希望這是個具有生命力的企劃，而且深信故事內容所具有的潛力，必能不斷創造出足以展現內容的最佳形式。最初，我們也曾苦惱於如何定義、定位整個計畫，就如同我們難以辨識陳舜臣是台灣人？中國人？日本人？他的文學是台灣文學？日本文學或中國文學？如今則期待這個立體、具備延伸性、穿透性的內容創作及出版計畫，能夠不斷跨出既有的界線，開拓出更寬廣的想像空間。

最早進入執行階段的是紀錄片的田野調查活動，而推動調查工作持續進行的關鍵性資源則是「人」。最初，我們依賴《半路上》一書為重要文本，做為尋訪陳舜臣在台灣活動足跡的線索，但是也清楚紀錄片的製作絕非僅是單純將文字影像化，必須具備自身獨有的內容與觀點。幸運的是，我們在田調過程中，也很快找到那片未曾預料到的「濕雪」，一路上不斷滾動，讓我們找到陳舜臣在台灣的親人，以及在新莊任教時的同事與學生，甚至是遠在北京的親友。此外，在過程中也有不少個人與團隊陸續加入，游擊文化、杯杯文創及偵探書屋，都分別與我們建立合作關係，發展出不同的計畫項目。

二〇一五年初，由於傳來陳舜臣先生去世的消息，促使我們加快推動計畫的腳步，由游擊文化主導的「大時代下的陳舜臣三部曲」出版專案成為第一個企劃完成並上市的項目。此一項目是以《半路上》一書的出版構想為原型，結合紀錄片田調活動，進一步發展出的「陳舜臣作品出版計畫」。在企劃紀錄片內容的研究階段，內容力企劃團隊與游擊文化的編輯團隊，便定期在獨立書店偵探書屋研讀陳舜臣的其他作品，希望進一步發掘企劃與編輯靈感，因此在《半路上》之外，又陸續挖掘了《青雲之軸》與《憤怒的菩薩》這兩部類型迥異的陳舜臣小說作品，並且與《半路上》一書組成三部曲。

我至今仍清楚記得第一次翻閱《青雲之軸》與《憤怒的菩薩》這兩本作品時的心情，因為這兩本不同類型的小說，完全顛覆我對陳舜臣小說創作的既有印象：陳舜臣不但書寫了一部以

「在日台灣人」為主角的成長小說，甚至在創作生涯早期，便已寫下一本以台灣人為主角、以故鄉新莊為背景的推理小說！

《青雲之軸》是部自傳性小說，主角陳俊仁是以陳舜臣本人為模型所塑造的人物。故事始於主角幼時經歷的內外不同語言文化的世界，觸及戰前台灣人在殖民母國遭受的歧視與戰爭經驗，最終結束於一九四五年八月十五日，也正是陳舜臣失去「日本人」身分而成為「在日台灣人」的那天。我以往從未見過其他作家嘗試類似的創作形式與主題。《憤怒的菩薩》是陳舜臣唯一以戰後台灣為背景創作的長篇推理小說，小說背景設定在一九四六年的台北新莊，也正是陳舜臣自日本回台的同一年。小說以「漢奸」問題引發的殺人事件為主題，勾勒出戰後初期台灣的社會樣態，以及台灣人面臨舊殖民者離去、新政權到來時的複雜情緒。

當初，企劃與編輯團隊是以「憂喜參半」的心情，看待手上挖掘出的這三本著作：一方面，眾人對於挖掘出以往少見的陳舜臣作品感到興奮；另方面，由於這三本作品的寫作體例、類型與故事主題差異甚大，編輯們擔心無法整合出一個引起讀者閱讀興趣的鮮明主題。但開始參與紀錄片製作過程後，編輯團隊逐漸能把握陳舜臣的生命經驗與創作特性，便一掃原有的憂心。我們將由《青雲之軸》、《憤怒的菩薩》、《半路上》組成的「大時代下的陳舜臣三部曲」視為一個有機的整體，以陳舜臣筆下虛實交錯的「陳舜臣生命經驗」為核心內容，提供讀者一種可隨機運用各種閱讀方法與視角進入陳舜臣筆下時代故事的全新體驗。

當我開始著手撰寫這篇出版緣起，記憶難免回到在神戶港邊的那個下午，而我的眼前也浮現陳舜臣當年望著的那片海，在被國籍、身分及意識型態禁錮的時代，陳舜臣似乎知道那片海會帶著他到達想像力所能延伸的極限之處，並且能連結他與各色各樣的人與故事。或許，在海邊的那天，我也成了陳舜臣手中拾起的那片「濕雪」，重新滾動起屬於他與我們及所有愛讀「故事」者的那顆「雪球」。如今這顆「雪球」已經愈滾愈大，不但一步步滾出一個包括「大時代下的陳舜臣三部曲」出版項目在內，結合出版、影像紀錄、文學活動、策展等等的跨界合作計畫，也滾出了一個難以定位的合作團隊，連結的網絡由神戶、東京，擴及到台北、北京，而「大時代下的陳舜臣三部曲」的正式出版，將讓這個繼續滾動的「雪球」留下一道最深刻的軌跡。

陳思宇（台灣大學歷史學博士、內容力營運企劃長）

【導讀】再見陳舜臣——概論陳舜臣推理文學

所謂記憶，是一種不可靠的東西。本人認爲是最古老的回憶，很有可能出乎意料的新。而你認爲是後來發生的事，反而很有可能是舊的回憶。

——陳舜臣，《青雲之軸》，二十九頁。

記憶的形成，若非出於反覆的回想，便是源於事件所帶來的、讓人難以忘懷的體驗。陳舜臣爬上神桌，對著神明喃喃自語的「神桌」事件，即是兩者兼具，但若只源於其中一種，記憶時常只剩下「啊……那時候好像有這件事。」

對於「陳舜臣」這個名字，我大體上就是這樣的感覺。

我已經記不得我讀的第一部陳舜臣作品，到底是屬於歷史小說的《諸葛孔明》，亦或是屬於推理小說的《枯草之根》了。我只記得，當年看完《諸葛孔明》所受的衝擊——我深深地著迷於這個作家的人物塑造、敘事手法、解釋事物的方式，甚至是標點符號的使用。若問我最喜歡的三國故事是哪一本，陳舜臣的《諸葛孔明》絕對是列名榜上的作品。之後，我有好一陣子很努力地到處找他的作品來看。當年還在讀小學的我，幾乎就這樣讀遍了所有台灣能找到的陳舜臣作品——我是很想如此宣稱啦，但小學生嘛，其實不耐久候，而且當年的我實在很害怕像是

「鴉片戰爭」、「甲午戰爭」這種聽起來就充滿了國仇家恨、血淚歷史的字眼。於是一眨眼，二十多年過去了。陳舜臣的小說就這樣，一直放在我的書架上。直到某日我進了偵探書屋，和譚端、思宇認識，這才回過頭來仔細地端詳書架上的小說。然後開始疑惑，過去的二十幾年間，我為什麼沒有早點發現陳舜臣原來是這麼有趣的一個人呢？

Who is 陳舜臣？

生於一九二四年的陳舜臣，與我奶奶是同輩的人。雖然祖籍在新莊，但父親和祖父在他出生之前已然移居神戶，他是在神戶出生的。

陳舜臣的祖父，不消說是成長於清朝。透過熟習漢學的祖父，陳舜臣接受了以台語為載體的漢學教育。另一方面，作為殖民地籍的內地居留者，陳舜臣與當時的本島青年一樣，勢必得進入現代化的教育系統。身處台日兩種文化的夾縫中，在接受文化精華之餘，也不免對自身的認同抱持著疑問。從祖父被歧視的「花店事件」，到令陳舜臣不再貪看船艦的「閱兵事件」，隨著他人差別目光的浮現，陳舜臣逐步意識到箇中意義，「認同」此一看似飄渺無依的名詞，遂緩緩地轉化為實存的情境。

正是在這樣的煩惱下，陳舜臣進入了大阪外國語學校（今大阪大學外國語學部）的印度語學科就學。雖然本人曾開玩笑般地說過念印度語是因為「比較好考」的關係，但大阪外國語學校也設有中文科，若純以難易度來考量，對華僑子弟陳舜臣而言，中文科應該是最簡單的。因此，比起「好考」，我想，「會中文又會印度文的話，就能和世界上一半的人溝通了」以及「同為殖民地人，想了解印度人的觀點」這兩個看似冠冕堂皇的理由，是貨真價實地出現在青年陳舜臣的思考中的。而構成此一理由的基礎，並非偉人傳記中常見的矯飾，而是青年面對該將己身立於世間何種位置的切身苦惱。

對青年陳舜臣來說，不幸的是，本已在學術中找到位置的自己，在命運的操弄下，又被拋回苦惱之中。在戰火終於綿延到日本本土、炸彈如驟雨灑落，而地獄之花四處開散之後，二戰迎向了它的終結。保住了性命的陳舜臣，因為身為殖民地出身的台灣人，面臨國籍轉換的問題，最終失去了在日本從事學術工作的機會。以此為契機，陳舜臣曾在一九四六年與弟弟敏臣短暫地返回新莊。陳舜臣在新莊初級中學擔任英文老師，而陳敏臣則考取公費到大陸留學。從《半路上》的記述中，可看出陳舜臣不是沒有想過在台灣繼續他的研究。然而，命運再次地反臉無情。隨著中國內戰不止，以及一九四七年二二八事件的發生，兄弟倆最終仍雙雙回到了神戶。

正是這樣的經歷，讓陳舜臣無法停止對於認同問題的思索。我是誰？我要往何處去？此一青年時期個體必然遭遇的大哉問，同時也是台灣新文學初初萌芽時期曾經發出的稚嫩呼喊，即便到了此時，依然不存在一個最終的解答。

約莫十年後，蝴蝶破蛹而出。在看護生病女兒的過程中，陳舜臣因讀了《錢形平次捕物帖》，而和S.S.范達因（S. S. Van Dine）、克勞夫茲（Freeman Wills Crofts）這些不幸曾因臥病在床而大量閱讀推理小說的推理作家，有了類似的感想——「這種程度的作品，我自己應該也能寫得出來吧。」

於是，我們有了講述放高利貸華僑之死的推理小說《枯草之根》，以及風格獨樹一幟的華僑偵探陶展文。寫於一九六一年的《枯草之根》為第七屆江戶川亂步賞得獎作品，當時被木木高太郎譽為「即便在歷屆的亂步賞作品中，都是第一的佳作」，此作也入圍了隔年的日本偵探作家俱樂部獎。雖然最終止步於候補階段，但也隱然顯現了此一新銳作家的驚人氣勢。而從此部作品中，亦可窺見陳舜臣對他從童年時期就不斷遭遇到的認同課題所給出的回答——懷抱著高度地方意識的同時，從亞細亞出發、以世界主義為胸懷。這樣的思想，可說幾乎貫穿了他日後的所有創作。

新苗破土而出：創作之路

以《枯草之根》獲得亂步賞、正式出道的陳舜臣，就這樣開啟了他的創作之路。然而，在《枯草之根》之前，陳舜臣曾以「陳左其」的名義，參與「文學界新人賞」的徵稿，投稿小說《風中》（風のなか），最終為候補作。雖然未獲首獎，但此次投稿經驗也堅定了他繼續寫作的決心。

同樣地，他與推理的初遇，也並非《錢形平次捕物帖》，而要追溯到更早以前的學生時期。

在談及他的閱讀經驗時，陳舜臣說讀書是他從小培養的興趣，傾向則偏重歷史與虛構故事。他日後書寫的主要題材，追根究底，就是在這樣的環境下培養出來的吧。而陳舜臣的推理小說閱讀軌跡，基本上與同時代的人相仿，都是從《少年俱樂部》開始的。如同我這一代的推理入門書，若非兒時的東方出版社系列，即是漫畫版本的《金田一少年之事件簿》又或是米花死神《名偵探柯南》一般，一九一四年創刊，以小學與國中生為主要讀者的《少年俱樂部》，也是在日本治理下，大正年間出生的一代讀者所共通的回憶。該刊邀請了許多當時知名的作家為青少年寫作適合他們的小說。江戶川亂步即是在這份刊物上，發表了《怪人二十面向》與《少年偵探團》兩部廣受歡迎的作品。而這亦是陳舜臣自言與推理小說邂逅的起點。與同時代的青年一樣，在《少年俱樂部》之後，接著是中學時期的《新青年》。

《新青年》創刊於一九二〇年，培養出大批的日本推理小說家。包括江戶川亂步、橫溝正史、甲賀三郎、夢野久作等人均曾在《新青年》上刊載作品。陳舜臣曾說《新青年》是他中學時期時常閱讀的刊物。當時的《新青年》在戰爭國策的影響下，已不復早期以偵探作品為主的色彩，加入了許多軍事、間諜與愛國主義視角的作品。然而考慮到當時的中學圖書館或許有訂閱此份刊物，陳舜臣應仍有途徑讀到早期雜誌上大量的歐美譯作吧！之後，就讀外語學校時，陳舜臣在本多平八郎的英語課上，認識了柯南．道爾，自此開始閱讀著名的福爾摩斯探案系列作。在《青雲之軸》中，有一段描寫陳俊仁在東亞路上向即將回國的外國老人購買福爾摩斯探案小說，老人最後的問候詞是「祝好運！」（Good luck）而非「再見」（Goodbye）的場景，雖然不確定此事是否真實發生過，然而一樣喜愛閱讀福爾摩斯的同好，卻因為戰爭而如此相遇的場景，著實令人難以忘懷。

戰後，陳舜臣短暫地居住在台灣。那段時間裡他讀較多的，或許是中文作品吧？回到神戶之後，陳舜臣自言進入了「亂讀的時代」，也就是什麼都看的時期。他在自傳裡憶及此時讀了艾勒里・昆恩（Ellery Queen）與阿嘉莎・克莉絲蒂（Agatha Christie）作品的新譯本。然而讓我印象深刻的，是他談到約瑟芬・鐵伊（Josephine Tey）的部分。陳舜臣說，他回到日本一陣子後，鐵伊因《時間的女兒》出版而成名，此事令他發現歷史與謎團之間的濃厚因緣。「想要爭論歷史的話，材料應該要多少就有多少。」陳舜臣這樣說。若說他的歷史小說是「史料、作者推理與作者虛構的混血兒」，那麼推理小說大概就是「作者虛構、史料與推理的混血兒」了吧。

因此，在閱讀陳舜臣時，「歷史感」會是用來形容他作品的一個關鍵詞。所謂的「歷史感」不僅是以歷史事件作為背景或故事主軸，更重要的是，他在寫作上習慣將個人的小歷史放置到更大的時代脈絡之下，以現代人容易理解的邏輯（比如從商業貿易的角度）去解釋為何個人會能有這樣的選擇。自然，此種詮釋容易招來「以今非古」的批評，然而對於一般讀者來說，確實是能夠貼近人心且獨具一格的描寫。而且，考慮到陳舜臣本人的戰爭經驗，他應該也非常能體會同樣身處亂世的古人的心情吧。

在以《枯草之根》出道後，陳舜臣陸續發表了《三色之家》、《弓之屋》（弓の部屋）、《方壺園》（方壺園）、《憤怒的菩薩》、《割破》（割れる）、《天外天》（天の上の天）、《托月之海》、《黑色喜瑪拉雅》（黒いヒマラヤ）、《未完》（まだ終らない）、《白泥》（白い泥）、《逝去的桃花源》（桃源遥かなり）、《神戶這個城市》（神戸というまち）、《焚畫》（炎に絵を）、《崩壞之影》（影は崩れた）等作品。從這批早期作品中，其實就能窺見陳舜臣「從神戶到亞洲」、「化歷史為謎團」，以及轉化自身生活經驗的書寫姿態。

《弓之屋》的舞台設置在神戶的「異人館」。故事描寫在「弓之屋」觀賞煙火的男子，在電力突然中斷的時間點被毒殺。他是怎麼被殺的？《憤怒的菩薩》發生在台灣新莊，講述自日返鄉的青年楊輝銘到妻子娘家省親，卻捲入了大舅子林景維的生死之謎中的故事。《黑色喜瑪拉雅》的故事場景則位於印度、西藏與尼泊爾等多國勢力交錯的邊境小鎮。故事描述日籍攝影師長谷川在當地喪生，其友毛利認為長谷川之死頗有疑點，便著手展開調查。森村誠一曾讚賞此作融合了社會派對人性的關懷與本格派精巧的謎團設計。

同樣滿溢著社會派風味的，還有以六〇年代經濟高度成長期的日本為背景，描寫公司職員偶然遇上命案成為嫌疑犯，因過於害怕而一邊逃亡，一邊被迫找出真兇的《天外天》。台灣已有譯本的《托月之海》，則以朝日莊房東小西耕造為經、小西前東家所藏的陶壺「滄海之壺」為緯，展開「祕密是否應該永遠隱藏」的辯證，對於「惡之起源」，有精準卻又不失溫柔的辯證。

在此一時期，陳舜臣也出版了他首部關於神戶的散文集《神戶這個城市》，與描寫近代史的短篇歷史小說《逝去的桃花源》。前者展露出他對於神戶的熱愛，後者則初次顯現出歷史小說家的面向。稍後於一九六七年出版的巨作《鴉片戰爭》，奠定了他歷史小說巨匠的地位。與此呼應般地，陳舜臣在推理小說方面的創作，也出現了更為濃烈的歷史之影。在《逝去的桃花源》與《鴉片戰爭》之間，出版了《焚畫》和《崩壞之影》兩作。《焚畫》以近代史大事件辛亥革命為背景，描寫一名普通的上班族葉川省三郎，從嫂嫂處得知了去世的哥哥一直想要洗清父親「偷竊辛亥革命資金」汙名的心願，踏上了探訪的旅途，最終尋得令人驚愕的真相。本書機巧四溢，其峰迴路轉之處確也令人嘖嘖稱奇，為第五十六屆直木賞和第二十屆日本推理作家協會賞的候補作品。作家本人曾說此作是他自認最精彩的推理作品。

推理作家出身的陳舜臣能轉向歷史小說的創作，並非偶然。根據山前讓的說法，這是因為當時的編輯不再嚴格地限制作家創作的範疇，因而，除了陳舜臣轉向歷史小說外，多岐川恭也進軍時代小說、戶川昌子則轉向戀愛小說。此一現象背後，反映的是推理小說整體動能的下滑。對此，普遍被認為更重視議題的社會派巨匠松本清張，指出推理小說中的社會與風俗議題壓過了解謎，而推理小說的當務之急，便是回歸解謎層面。為此，松本於一九六六年策劃了「新本格推理小說全集」。而首波出版的兩部作品，即是曜川哲也的《積木之塔》，與陳舜臣的《崩壞之影》。肩負著「復興本格」重任的《崩壞之影》，是以「破解不在場證明」此一正宗推理次類型為主軸的推理小說。故事描述某公司會長在六甲山上的自宅中離奇被殺，其女友悠子的前男友、派駐泰國的前秘書深尾恰於此時結束外派，回到日本，並在悠子的請求下介入此案的調查。儘管松本清張的「新本格」在現今看來並不「新」，但這批作品的水準，卻是毋庸置疑的。本作後來在一九七六年改編為電視劇上映。《崩壞之影》後，陳舜臣以《渾濁的航跡》（濁った航跡）再次獲得第二十二屆日本推理作家協會賞候補，本書描寫的是販運女性到東南亞的人口販子捲入殺人事件的故事。

一九六九年，陳舜臣以《青玉獅子香爐》獲得第六十回的直木賞，為繼邱永漢後第二個獲得此獎的在日台灣人作家。該作描述玉器師傅李同源耗盡一生心力雕刻的仿品青玉獅子香爐，在故宮搬遷至台北的過程中謎樣地遺失了。李同源下定決心，要查明香爐失蹤的原因，並找回他視若生命的香爐。

獲得直木賞的隔年，陳舜臣以《再見玉嶺》和《孔雀之道》兩作並列獲獎的形式，終於在第五次入圍時奪得了第二十三屆日本推理作家協會賞。《再見玉嶺》描寫中日戰爭時滯留北京研究美術的入江，因偶然看到玉嶺磨崖佛的摹本，而前往玉嶺考察。在那裡，他愛上了當地女子李映翔。二十五年後，他重返玉嶺，當年橫亙心中的謎團，是否能解開？《孔雀之道》則以父親是英國人、母親是日本人的混血少女露絲為主角。她在父母雙亡後，從英國回到日本生活，且在日本巧遇父母的舊識。不久，這名舊識卻慘遭殺害？本作曾於一九七〇年改編為電視劇播出。值得一提的是，根據中島河太郎的說法，此兩作之所以並列獲獎，是因為評審認為兩作各有優點，無法決定，最終只好兩作並陳——看到這裡，你是否好奇自己會比較喜歡哪一本呢？《再見玉嶺》纖細甘美，有著陳舜臣小說一貫的優雅魅力；《孔雀之道》則在推理層面上表現優異，最終的結局令人低迴不已。確實是頗為困難的抉擇呢。

在拿到「推理作家協會賞」後，陳舜臣摘下了「三冠王」的稱呼。在一九七〇年創下的此一成就，在當時的文壇可說前無古人。一直要到桐野夏生在一九九九年、東野圭吾在二〇〇五年獲得直木賞，才有第二位與第三位「三冠王」的誕生。此後，他獲獎無數。一九七一年以《鴉片戰爭》獲「每日出版文化賞」、一九七四年獲神戶市文化獎、一九七六年以《敦煌之旅》獲以獎勵散文為主的「大佛次郎賞」……。最終，在一九九二年，日本政府有鑑於陳舜臣的文藝成就，頒給他勳三等瑞寶章。

從有志青年到退休廚師與業餘偵探：陶展文

令陳舜臣揚名立萬的起點，是偵探陶展文。陶展文是「華僑裡少見的陝西籍」，在《枯草之根》登場時已年屆五十，然而書中描述，他因為保養得宜，看來只有四十幾歲。陶展文在父親任官的福建長大，高中之後到了東京，大學攻讀法律。返國後，不知為何又來到日本，與名為節子的日本女性結婚，開了料理店「桃源亭」，有個名為「羽容」的女兒。陶展文在書中登場時，桃源亭的店務已大致交棒給姪子，處於悠閒的半退休狀態。陶展文的父親是拳法家，他也習得了此項技術。此外，他還是個中醫師。在因緣際會下破了不少案件的陶展文，若是出現在你我身邊，應該是個親切，卻也讓人看不太透的大叔吧！

陶展文的系列探案，除了《枯草之根》外，另有《三色之家》、《割破：陶展文的推理》、《虹之舞台》和短篇〈崩壞的直線〉（崩れた直線）四作。《三色之家》是以陳舜臣熟悉的自家兼貿易公司為場景，描寫年輕的陶展文受邀到朋友家，卻意外捲入了廚師之死的命案與家庭紛爭中。本作也描繪了陶展文與日後好友朱漢生的相處過程。從《枯草之根》的熟稔鬥嘴，向前回溯到《三色之家》的相識不久，中間恍然一過三十多年的歲月，也令旁觀的讀者產生了一種奇異的歷史感受。《割破》一書，描述香港姑娘林寶媛的哥哥雖然背負著整個家族的期待，前往美國留學，卻在數年前失蹤。後來林家接到消息，據稱有人在日本看到失蹤的寶媛哥哥，於是寶媛便趕到日本尋親。此時，一名華僑實業家在旅館遭到殺害，從住宿名冊追查到的嫌疑犯，竟然是寶媛的哥哥。為什麼哥哥一聲不吭地失蹤，又為什麼要殺人？真的是他殺的嗎？真相是什麼？《虹之舞台》則以印度廚師兼商人拉埃、其寶石生意與印度獨立運動，交織成壯闊又令人感到悲哀的故事。〈崩壞的直線〉描述在神戶的六甲山上，一名年輕的男性攝影記者被殺害，臨死前留下了神秘的遺言。他為何遭到殺害？遺言的內容又是指什麼？本作是以「死前留言」為謎題核心的次類型佳作。陶展文系列不過四本，即有兩作未曾中譯，不免令人感到有些遺憾。

而綜觀陶展文的一生，從《三色之家》的有志青年，到《枯草之根》裡為人練達的初老神探，非我所願卻又隨遇而安的人生，與作家本人的距離，似乎不如想像中的遙遠。陳舜臣本人曾說，陶展文的許多特點，是源自於他本人的缺憾，比如陶展文的強健，即是對自身幼時孱弱的彌補。然而彌補之外，或許神似之處也不少吧！

在陳舜臣過世後，遺族在整理稿件時找到一份以〈桃源亭綺譚〉為名、具有日記風格的筆記。在其中，陳舜臣描述了許多不可思議的料理，或許是要讓陶展文大顯身手的菜譜？然而，隨著作家的逝世，如今再難一睹這些料理將搭配的精緻故事。對於熱愛陶展文探案的讀者來說，這不能不說是個遺憾。

鮮為人知的其他偵探與短篇連作

除了台灣熟知的陶展文以外，陳舜臣筆下，其實還有一些較不為人知的偵探。如在《白泥》與《未完》兩部小說中都有出現的竹森警部。《白泥》講述神戶貿易公司「傑克遜」運抵新加坡的寒天貨櫃中，竟發現了名為「常岡新一」的男性屍體。他為何被殺？《未完》則起源於印尼財閥源益隆公司的職員賀承邦在神戶失蹤的案件。賀承邦失蹤四個月後，其欲投資的化學公司的職員，在坦承自己謀殺了賀承邦並埋於山中後自殺。而自殺者的遺體被發現時，上面不知為何有著鮮艷盛開的熱帶植物……。此外，連作短篇集《長安日記：賀望東事件簿》（長安日

記 賀望東事件録）中，僑居唐代長安的日本偵探賀望東，也是一個例子。為了調查自己身世而努力發展偵查能力的賀望東，與雖然沒有解謎的腦袋卻能詳實描述事件、又恰好是主管治安的金吾衛一員的遙大鯨，初登場便解決了在鴻臚賓館發生的命案。此後便活躍於當時的國際大都會長安。在本書的後記中，陳舜臣曾說他「留下了伏筆，即有可能還要出一本續集」。可惜後續並無下文，而今已成絕響。否則，賀東望或許又是一個如同陶展文般，令人印象深刻的神探呢！

除了《長安日記》外，陳舜臣另有數本相當優秀的短篇連作集。所謂的「短篇連作」，指的是由短篇串連起來的小說集。它與「短篇集」的差異，在於「短篇連作」所收錄的短篇與短篇之間具有橫向的連結，如共同的時空背景、人物、事件等，而「短篇集」僅是將數個短篇編輯整合，收錄的作品各自獨立，不具有連結性。因此，在閱讀上，「短篇連作」可說同時具有短篇小說特有的精巧感，以及長篇小說的滿足感。而如陳舜臣這樣擅長以大時代作為背景，書寫人物在時代洪流之中的心思與心機的作家，短篇連作的形式，或許出乎意料地適合他也說不定——《柊之館》或許就是最好的例子。

《柊之館》是異常精彩的短篇連作集。故事的開頭，描寫在戰爭結束之後，柊之館的資深廚師應新進女傭的要求，講述戰前發生在此地外國人社區間充滿了謎題的各種故事。其中，有無傷大雅的襲擊事件，有找不到犯人、最終成為懸案的醫師謀殺案，也有國與國之間翻來覆去不知伊于胡底的間諜與反間諜案。而當我們完全成為柊之館裡聽故事的小女傭、忘記先前未解決的謀殺案時，陳舜臣才變魔術般地揭開了令人唏噓的真相。《柊之館》各篇短小精悍，結合起來又是一幅時代群像，是我非常喜愛的作品。

其他的短篇連作，還有《青春的烙印：神田希望館》（青春の烙印 神田希望館）與《夏日海葬：神戶異人館事件帖》（夏の海の水葬 神戸異人館事件帖）。前者的故事圍繞著中國留學生位於神田的宿舍「希望館」而展開。標題「青春的烙印」，即是其中一名學生唐元儒的故事。《夏日海葬》則描述主人公「我」早上去神戶的再度山上散步時，在路旁的茶館遇到了愛下將棋的兩位老人家，沖田源太郎和楊天平。兩人戰前都住在異人館因而相識，從此展開了長年的友情。「我」則從兩老處聽到了戰前異人館發生的各種奇異故事。這兩作都充滿了濃厚的神戶風情，至今未有中譯本，實在相當可惜。

最後，是我目前還無法判斷是否該視為系列偵探，但皆具有共同特徵的作品。這些作品都以第一人稱「我」作為故事的主述者，且主述者的職業均為（台灣出身的）（推理）小說家。如〈鳴蟬〉（蟬が鳴く）、〈什麼也看不見〉（なにも見えない）、〈追蹤的報酬〉（追跡の報酬）、〈關於庫利科夫的回憶〉（クリコフの思い出）、〈第四位香妃〉（四人目の香妃）、〈旋風島綺譚〉等，均屬此類。受限於篇幅，此處無法一一列舉。這些故事散落在各個短篇集中，並未特別集結，但設定上可看出作者夫子自道的痕跡，故在此補充。諸作中，尤以〈旋風島綺譚〉

為最，敘事者「我」所列舉的出版作品，皆為陳舜臣出版作。一時間竟讓人有分不清此事是虛是實之感。對此，陳舜臣在其自傳《半路上》中，則坦率地招認有些作品的主角或主述者確實是他本人。但雖說是本人，故事卻是虛構的，他強調這些作品並非以作者個人經歷為藍本的「私小說」：

> 成爲小說家之後，也常以虛構的「我」的口吻來寫小說，尤其常用在短篇小說，但這並非「私小說」。我的風格是讓我以主角或是敘述者的身分登場於虛構故事。

這到底該不該算成系列偵探呢？為了避免爭議，此處不便遽下斷言。但若有一本集結這些敘事者為「我」的陳舜臣作品集出版，應該是讓人非常期待的事吧！

珠玉般的短篇集

短篇連作之外，陳舜臣也出版了為數眾多的短篇集。儘管短篇集在台灣似乎是不太受歡迎的文類，但陳舜臣的短篇，其實相當能體現他獨特的世界觀，而此一要求「簡練」的體裁，在陳舜臣擅長留白的寫作風格下，也頗能展現出以小見大的特殊風采。我個人也相當喜歡此類作品，以下簡單介紹：

《方壺園》，同名短篇描述在中唐的長安，富翁崔朝宏住在一棟擁有奇妙書庫「方壺園」的宅邸中。其食客，著名的詩人高佐庭，一日被發現死在密室狀態的「方壺園」中。兇手是誰？又是怎麼殺害他的？本作中的偵探詩人李賀的堂弟燈籠匠李標，揭露了詩人們鮮為人知的一面。除了〈方壺園〉外，本書還收錄了〈大南營〉（大南営）等其他五篇作品，故事背景從中日戰爭下的遼東、國共內戰中的福建，一直到蒙兀兒帝國時期的印度。本書為第十六回日本推理作家協會賞的候補作。

《望洋之碑》（望洋の碑）。同名短篇以返鄉的在日台灣人「我」為主角，「我」遇見了美麗的地主之女朱芳碧，同時聽聞她男友在外地身亡後，她的相親對象亦離奇死亡的怪事。本書另收錄其他五作，短篇集原題名為同時收錄的另一短篇〈什麼也看不見〉（なにも見えない）。

《紅蓮亭的瘋女》（紅蓮亭の狂女）。同名短篇描述在清國與日本的外交角力間，密探古川偶然被捲入貝勒爺的命案。本作為第二十二回日本推理作家協會賞的候補。而其中收錄的〈鉛之顏〉（鉛色の顔）一篇，也是以台灣為背景的推理作。故事描述台灣出身的演員張阿火，在演出之外也經營賭場。當清法戰爭開打時，張阿火也招募了義勇軍加入戰爭，攻擊法國船隻「白朗峰」號。戰爭結束後，白朗峰號的水手長被殺，而嫌疑犯張阿火當時卻在舞台上表演，擁有堅實的不在場證明。張阿火在史書上確有其人，即木柵出身的張李成（一八四二—一八九四），他在清法戰爭時率領原住民與漢人，打敗了法軍的登陸部隊，一戰成名。讀完本作後，不禁讓人好奇起歷史人物不為人知的那些面向。本作曾由ＮＨＫ改編為戲劇「梨園海賊」。同樣是以歷史人物為題材的作品，〈沉沒於蘇門答臘〉（スマトラに沈む）則以文學家郁達夫最後的生死之謎為核心開展。另收錄〈空中樓閣〉（空中楼閣）等四作。

《夢幻的百花雙瞳》（幻の百花双瞳）。同名短篇曾收錄至光文社出版的《短篇推理傑作選50》中。故事描述廣東出身的丁祥道來到神戶，成了廚師楊朝堅的弟子。楊朝堅致力於重現店主范欽誠曾吃過的夢幻點心「百花雙瞳」。「百花雙瞳」到底是如何做出來的？本作在短短五十頁中刻劃了戰爭前後華僑社會的變動，實為佳作。值得一提的是，在記錄陳舜臣與其夫人蔡錦墩對談的《美味方丈記》中，有一則關於此書的逸話。蔡錦墩要丈夫為肉圓想出一個如「百花雙瞳」這樣具有詩意的美名，被陳舜臣以「做不到」給拒絕了。本作中收錄的〈神的准許〉（神に許しを）是以十八世紀在英國出現的「偽台灣人」撒瑪納札（George Psalmanazar）為主角的故事。撒瑪納札此人，對台灣讀者來說應該並不陌生。其書《日本天皇之福爾摩沙島歷史與地理的描述》（*An Historical and Geographical Description of Formosa, an Island subject to the Emperor of Japan*）由大塊文化在二〇〇四年以《福爾摩沙變形記》之名出版，裡面描繪著一個台灣人從來沒經歷過的台灣。

《異鄉門檻中》（異郷の檻のなか）。同名作描述在舊金山唐人街，由一塊翡翠所引起的過往血案，一件歷史騷動中發生的悲劇，與頗具意外的結尾。另收錄〈囚人之斧〉（囚人の斧）等三篇以中國為背景的歷史推理中篇。

《崑崙河》（崑崙の河）。同名作描寫二戰後，被中國政府留用的「我」，作為學術調查隊的一員，往黃河上游追溯其源。過程中，捲入了一起謎樣的水難事故。本作是以中國廣大的陸地與國際城市神戶為背景的推理小說。另收錄〈枇杷樹下〉（枇杷の木の下）等四篇作品。

《六甲山殉情》（六甲山心中）。同名作描寫在昭和四十年（一九六五年）左右，六甲山成了自殺的名所，一年有超過五十人在此自殺。而兩名各有起因的男女，一同在秋天的六甲山中尋求自殺之所。本書的故事舞台均設置在神戶。另收錄〈夢幻的不動明王〉（幻の不動明王）等五篇作品。

《埋葬南十字星》（南十字星を埋めろ）。同名作描寫在閃耀著南十字星光輝的南美Z國天空下，被派到該處的職員「我」，目睹了意想不到的竊盜事件。然而，比起南十字星照耀下的天空，本作中收錄的〈良心的限度〉（良心の限度）更讓我眼睛一亮。故事背景罕見地設置在一九四九年後的台灣，描述台灣香蕉輸出至日本時，日本的輸入業者與台灣「祕密審查員」之間的勾心鬥角。另收〈青年與幻影〉（青年と幻影）等八篇作品。

《杭州菊花園》（杭州菊花園）。同名作描述神戶華僑錢延真在故鄉杭州擔任菊花園建築師時，在城隍廟祭典的夜晚，委託他建造菊花園的富豪李巨元在庭院中被槍殺的故事。另收錄〈夢與財寶〉（夢と財宝）等六篇。

《海的微笑》（海の微笑）。同名作描寫富有的陶瓷收藏家在可疑的狀況下失蹤了。而印尼的小島上到底藏有什麼寶物？另收錄〈銀彈〉（銀の弾丸）等三篇。

《神獸之爪》（神獣の爪）。同名作描寫討厭交際的富豪遭到殺害，刑警循線逮捕了與死者有金錢糾紛的嫌疑犯，探知了兇殺案的前因唐三彩竊盜事件。然而，警官西脇卻覺得這背後另有文章……此案原來和民國初年的考古竊盜有所關聯。本作曾在一九八〇年由鈴木清順改編為電視劇。另收錄〈王直的財寶〉（王直の財宝）等五篇作品。

《夜晚的齒輪》（夜の歯車），同名作講述志摩子發現她所痛恨的男人津村現在成了神戶某建築工地的主任。她手上握有菲律賓船員代替夜度資給她的手槍，亟欲報仇的她，究竟會怎麼做？另收錄〈闇海〉（暗い海から）等四篇。

《關於庫利科夫的回憶》同名作講述「我」的藥學學者好友在聽聞香港某件神秘殺人案後，自行展開推理的故事。另收錄〈第四位香妃〉等七篇。

這些短篇非但在時空背景上有大跨度的演出，體現了陳舜臣遼闊而深邃的歷史面向，其在推理類型上也相當多采多姿，一直以來卻極少受到關注。儘管陳舜臣普遍被視為本格派的推理作家，但他在犯罪與社會派的層面上其實亦著力甚深。這些短篇所呈現的形姿各異的作品，實應受到更多的關注。

波瀾壯闊的長篇推理

短篇的優點，在於短小精悍、面目多元，然而說到深入淺出、醞釀深沉，長篇仍有其優勢。除了前述已經提過的作品，陳舜臣還有數本非系列推理作：《北京悠悠館》（北京悠々館）、《他人的鑰匙》（他人の鍵）、《凍結的波紋》（凍った波紋）、《失去的背景》、《黑暗中的金魚》（闇の金魚）和《燃燒的水柱》（燃える水柱）。以下做一簡單的介紹。

在上述的長篇中，《他人的鑰匙》和《燃燒的水柱》都是以神戶為主要場景的作品。《他人的鑰匙》以戰敗後的神戶為背景，描述惡德企業家遭到殺害，住在外國長屋的居民受到了懷疑。《燃燒的水柱》則是故事時間軸橫跨戰爭前後，以神戶華人街為舞台的長篇推理作。主人公「我」是頗具自傳色彩的推理小說家，故事的前半，彷彿作者現身自道其戰前生活的心得。接著，一場豪雨襲擊神戶，奪走多條人命，其中卻有一人並非被大雨所害，而是離奇死亡。未解決的謀殺事件，在二十年後是否會再度掀起波瀾？戰前古物商的離奇死亡，與今日中國富豪之死，其間到底有何關聯？本作前半部彷彿是作者自身經歷的再現，以致評論家秋山駿（小林秀雄）在評論本書時，認為此種高密度的自傳書寫中突然穿插殺人事件的手法，可稱為「新型態的推理小說」。

《北京悠悠館》與《黑暗的金魚》的故事背景，都設在中國。《北京悠悠館》描述在一九〇三年、日俄戰爭的前夕，土井策太郎受外務省的委託，到北京與要人文保泰打好關係，以便爭取中國對日本的支持。土井在日本認識的革命青年王麗英此時恰好也在北京。一日，文保泰死於密室狀態的自宅「悠悠館」中。兇手到底是誰？本作巧妙地融合了推理、間諜與歷史小說的風格，個人相當喜愛，值得一讀。《黑暗的金魚》的故事場景則設置在辛亥革命以後的中國。浙江省出生的留日青年童承庭，因資質優異，而被大資產家「永源昌」看上，出錢資助他的教育。學成歸國後，承庭致力於政治運動。之後，其妻遭到綁架，舊友也被殺害。經歷了這一切的承庭，將發覺令人驚訝的真相。

《凍結的波紋》和《失去的背景》主要場景皆設置在當代日本，然而其所牽連的葛藤，卻也都能往上追溯到中日戰爭。《凍結的波紋》描述專營珍珠的寶石業者在神戶六甲山中拍攝廣告時，攝影師大上法心因由高處墜落而死亡。負責偵辦的刑警世能在調查此案時，又突然傳來大上朋友在琵琶湖的淡水珍珠養殖水槽中離奇死亡的消息。兩人戰前均在中國從事特務工作，此一經歷與他們的死亡是否有關？《失去的背景》則講述研究員程紀銘決意前往日本追查祖父程沛儀將軍被暗殺的真相。他找到了可能的嫌疑犯西野錠助，西野卻隨之遇害。被視為嫌疑犯的程紀銘，要如何洗刷自己的冤情？幕後又有誰在操弄？

由以上對各作的簡短介紹，可以發現陳舜臣在創作時的幾個特點。最明顯的，應該就是異族雜居、戰爭與貿易等元素在其作品中的重要地位。參照作家的人生經歷，則不難明白根源從何而來。此點也表現在其歷史小說創作的面向上。從諸葛孔明到馬可孛羅，從鴉片戰爭到太平天國，戰爭、貿易與流動均為小說家關注的焦點。然而，有異於普遍將「流動」直接視為「流離」的觀點，陳舜臣通常是以「此心安處是吾鄉」、「日久他鄉是故鄉」的角度，正面地看待這些流動經驗，讓角色從這些經驗中獲得立身之所。同樣地，陳舜臣也不受中國傳統士大夫觀念的影響，並未對貿易抱持鄙夷的態度，而是將之視為社會活動的一環、新觀念進入的支點，以及引發時代大事件的起源。這並非表示陳舜臣的小說中不存在商業的黑暗面，而是說他會更細緻地區別一般商業活動與惡質商業活動之間的分野。最後，則是較少被提出的一個元素，由於陳舜臣的作品時常以戰爭作為背景，「間諜」與間諜活動在許多作品中，其實都扮演了相當重要的角色。而《憤怒的菩薩》正好包含了以上這三點。

憤怒的菩薩

《憤怒的菩薩》描述在日台灣人楊輝銘與新婚妻子林彩琴，在二戰結束後半年多搭船回台灣。陪妻子回娘家的楊輝銘，在妻子故鄉「菩薩庄」，碰上妻子家族裡一連串令人驚訝的變化，最終捲入菩薩山上發生的「準密室殺人」事件。成為第一發現人的楊輝銘，在暫時無所事事的空閒，以及想知道到底發生什麼事的好奇心下，開始了追兇的旅程。

陳舜臣的作品，雖曾在九〇年代經由遠流出版社引進，而成為一代人的共通記憶，但極為可惜的是，出於未知的原因，以台灣為背景的本作未曾出版，其「台裔／台籍」的身分，在當時台灣學仍奮力爭取主流認同的年代，尚無法進入公眾的視野。由於陳舜臣一度取得中華人民共和國的國籍，他的著作在台灣甚至曾被列為禁書。因此，在其創作巔峰、頻頻得獎的七〇、八〇年代，我們對於這樣一位優秀的作家近乎一無所知。

往者已矣。來者雖然遲了些，也總好過不來。本次的中譯，選擇了陳舜臣的自傳性小說《青雲之軸》、自傳《半路上》與推理小說《憤怒的菩薩》作為三部曲，在文類各異的情況下，出版目的也就不外乎是藉此讓台灣的讀者更加認識陳舜臣與他作為「在日台裔」的經歷，以及由其視角反觀席捲東亞的二戰與戰後經驗了。對於陳舜臣而言，比起自傳，他或許更能夠自由地藉著相隔了一段距離的小說人物，來表達他自身的情感經驗吧。畢竟，在《青雲之軸》中，作家本人曾這樣說道：

> 我終於發現，正是因爲要寫「自傳小說」，所以文筆才會停滯不前。既然如此，那我就改寫「自傳性小說」吧。
>
> （中略）
>
> 加進一個「性」字之後，我總算能鬆一口氣了。這麼一來，終於能夠比較輕鬆地創作了。

如果僅是「自傳」與「自傳性」的差別，就能讓陳舜臣從揉碎眾多稿紙到回復正常的寫作狀態，那麼全然虛構的小說，是否能讓他更為自在地回溯那一段時間雖短，卻令人印象深刻的新莊年代呢？我想答案應該是肯定的。這大概也是《憤怒的菩薩》比《青雲之軸》與《半路上》要更早成書的原因吧。而儘管陳舜臣在設定陶展文與展開寫作之時，即已融入己身經歷，然而在本作中，那樣的融合可說是達到了一個新的高度。即便是在處理充滿激情的場面，陳舜臣的筆鋒亦常予人悠然淡遠之感。但在本作中，敘事者的情感卻多少衝破了那樣的筆法，而顯得格外醒目。若搭配日後的自傳性小說《青雲之軸》與自傳《半路上》來看，當更能體會作者本人當時的經歷，是如何撼動了他的人生。這樣的震動，在倏忽一甲子後的現在，終於能夠藉由翻譯傳遞到我們的心裡。然而，我們是否準備好去真正撫平那樣的愴痛了呢？

近日，因陳舜臣而多次走訪新莊，試圖查訪出文本裡的標誌性地景。啟志書院就是明志書院應無疑義，但在小說中被主人公嫌棄過於華麗的祖師廟原型，是頂泰山巖還是下泰山巖？迎雲寺的原型，是山腳的西雲寺還是山頂的凌雲寺？交互比對著老相片與百年地圖的同時，前方觀音山如同千百年來一般悠然佇立。抬頭遠望，為此一風景而心生家鄉之愛的同時，一個疑問也突然擊中我——都說是「憤怒的菩薩」，但，翻遍全書，我卻還是無法釐清菩薩為何憤怒。

菩薩為何憤怒？

或者說，憤怒的，是菩薩嗎？

路那（推理評論家）

序章

邁入十月，台北也染上了秋意。雖然依舊炎熱，空氣卻變得乾爽許多。台灣號稱常夏之國，以地理學來說，只有北回歸線通過的嘉義以南才屬於熱帶，台北算是位於亞熱帶的城市。它是個多采多姿的原色城市，不會有人對這一點提出異議。從空中鳥瞰，台北彷彿分成了紅黑兩色。這兩個顏色，象徵著台灣的宿命。

過去的台北有城牆包圍，日本統治這裡後便拆除城牆，城內變成日本人的居住區域。台灣人則大多住在城外的大稻埕和萬華一帶。日本人將故鄉的生活方式，原封不動搬進城內的日本人町，還建造了日式房屋。日本人的房子使用的當然是日式黑色屋瓦，台灣人的房子則是用紅磨瓦（紅瓦）居多。據說從空中可以清楚分辨出這兩種顏色。

紅與黑的奇妙混合，是歷史造就的結果。然而，歷史也有巨大的轉換期。

一九四五年夏天，日本向聯合國投降，台灣回歸中國，等於宣告黑色所代表的事物畫下句點，同時意味著紅色的全新出發。結束與開始在台北城中交雜。

駐屯台灣的日本軍，認為解除武裝非常羞恥，便宣稱是將武器奉還。日本平民也開始準備撤出。不久，來自重慶的接收人員搭飛機抵台，「國軍」官兵開始登陸。雖是扛著扁擔的寒酸軍隊，台灣民眾仍欣喜若狂，播放《義勇軍進行曲》來迎接他們，甚至燃放鞭炮。忙碌的人們彷彿不知道秋天的腳步已慢慢接近。然而，秋天還是來了。

十月初，台北古亭町的某棟小房子裡，有個五十多歲，蓄著兩撮泥鰍鬍子，體態壯碩的男子。扁成ㄟ字型的厚唇，彰顯出他的個性傲慢。而他格外銳利的眼神，看似帶有一抹固執。

那是一棟黑色屋頂的房子，裡面有三間鋪設榻榻米的房間和廚房。泥鰍鬍男子正在看報紙，屋內沒有別人。過了好一會兒，他終於抬起看報的雙眼，瞄了大門一眼。

因為響起了敲門聲。

他朝大門走去，低聲問：「誰啊？」

門另一頭的人輕聲回答：「是我。」

「哦，是你啊，我馬上開門。」

然後是鑰匙的聲音——。

就這樣，另一人走進屋內。

「我幫你泡茶。」

像是屋主的男子走向廚房。抬頭挺胸的走路模樣，看起來威風凜凜。

訪客放下皮包，從裡面輕輕取出某樣東西，並走到屋主的背後。他將握有鐵棒的手藏在背後，趁屋主正要蹲下並打開櫥櫃時，高舉起手中的鐵棒。

下一秒鐘，泥鰍鬍男子發出低沉的呻吟，倒臥在廚房的地上。訪客先是蹲在他身邊好一陣子，才慢慢站起來。

「死了……。」

他喃喃說道，穿過客廳要回到大門處，一邊把鐵棒收到皮包裡。忽然，他的目光停駐在桌上的報紙，就是屋主剛才在看的那份報紙。

攤開的報紙上，刊登著關於陳公博的報導。汪精衛死後便成為「偽國民主席」的陳公博，戰爭結束後一度逃到日本，但馬上又被遣返回國。

報導的邊框欄位，刊登了陳公博在護送的飛機上，所寫下的七言絕句。

烽火縱橫遍隱憂，
抽刀空欲斷江流；
東南天幸山河在，
一笑飛回作楚囚。

訪客喃喃念著那首詩，隨即又歪著嘴走向大門。他小心翼翼地打開門，探出頭左顧右盼。四周沒有半個人影，男子身子一滑溜到外頭。

時值秋天，但陽光還是很刺眼。想必大家是怕熱，都躲在家裡吧？路上沒有行人，靜悄悄的。

忽然，男子聽見了鞭炮聲。

從剛才那棟房子離開的男子，在灰色圍牆的轉角停下腳步。鞭炮聲似乎是從很遠的地方傳來的。

那道圍牆裡是某位台灣仕紳的住宅。屋主是政商名人，過去曾和日本政府及軍隊有所勾結。水泥圍牆上有大大的粉筆字，寫著「漢奸之家」。

鞭炮聲停了。佇立原地的兇手，繞過圍牆的轉角，很快就不見蹤影。

四周恢復原有的寂靜。唯有秋天的陽光，靜靜灑落在無人的道路上。

朝風丸

船內的大合唱一旦開始便停不下來，少說要一小時後才會停止。

我和妻子彩琴一起來到甲板。

「好舒服喔！」

妻子深深將海風吸滿胸膛後說道。

我靜靜點頭附和。

兩千三百噸的「朝風丸」雖然是一艘老舊的貨船，卻也是一艘幸運的船。大有來頭的商船接二連三成為魚雷和轟炸機的目標，沉入太平洋海底；但朝風丸卻沒有絲毫損傷，幸運存活下來並成為忙碌的遣返船。

朝風丸駛離宇品港，朝台灣的基隆港前進。它承接了將在台日本軍民撤返日本的業務，去程則搭載了在日台灣人。這趟航程也有三百多名台灣人搭乘。由於它是貨船，沒有客房，將鋪有碎石的船底覆蓋後，便成了大通鋪。三百多人在這裡席地而睡的景象，煞是壯觀。

而且，大部分的乘客都是不滿二十歲的年輕人。戰爭時期，他們被強行帶往日本，作為徵召工人在各地的工廠工作。

搭乘朝風丸的徵召工人來自海軍工廠，大約有兩百名。其餘是被遣返的一般人。他們人數眾多且年輕氣盛，彷彿整艘船的乘客只有他們似的。

一旦歌聲從這群人的某個角落傳出，隨即就會變成大合唱。最初，他們唱的是台灣民謠，不過沒多久就唱完了。他們受的是日本教育，熟悉的台灣歌曲不多。此外，他們在「皇民化運動」盛行時長大，甚至不能在大庭廣眾下用母語唱歌。

因此，母語歌曲唱完後，他們便開始唱大家耳熟能詳的日本軍歌。

唱台灣民謠時，明明懷著望鄉的思緒，一唱起軍歌，唱法就變得自暴自棄。唱得斷斷續續實在令人懊惱，導致他們忘記歌詞也硬要唱出聲。唱膩軍歌後，這群年輕人開始唱起他們在日本的「自由世界」度過的半年中，所學會的下流歌曲。

戰爭一結束，幾萬名台灣年輕人就這樣被野放到陌生的日本街頭。徵召他們的日本政府，早已毫無心力照顧他們。一般的日本徵召工人只要回家就好，但台灣籍的徵召工人要回家可不簡單。他們的故鄉在海的另一頭，海路交通中斷，不知何時才能恢復。但他們精力充沛，不但年輕，還有一大群同伴。在台灣，滿二十歲的男子有服兵役的義務，徵召工則多半是二十歲以下的少年。

「日本政府把我們帶來日本，既然他們不負責，父母給我們的寶貴生命，我們必須靠自己的力量延續下去。」

因為這樣的理由，使得一無所有的他們被拋棄在「自由世界」時，過得非常荒唐。因年輕氣盛而失控的情況也不勝枚舉。理所當然的，世人的責難也全集中在他們身上。

彩琴會提議溜出船艙上甲板，正是因為他們開始唱起不入流的歌曲。年輕女性怎麼有辦法忍受聽那種歌。

「話說回來，他們還真是有精神。」

我這麼說。

「可是啊……。」

彩琴皺起眉頭。

對於他們的合唱，與其說下流，我反而感受到爽朗的力量。那是一股尚未成熟的青春能量。合唱中還參雜著高亢的尖叫聲。

「總之，有精神是好事。」

我一面說，一面傾聽從船艙飄出來的合唱聲。

「那群孩子回國後，不知道有什麼打算……。」

少部分人在日本的「自由世界」所上演的英勇事蹟，彩琴也聽到了。雖然有些加油添醋，但那些行為確實令人搖頭。不過我倒是很樂觀。畢竟胡鬧滋事的只有少數人，絕大部分都是老實的孩子。等到這群人解散，每個人都會各自發揮清新的力量，成為優秀的好青年。

「等他們回到台灣，各自回到自己的故鄉，都會成為村裡的模範青年，可靠得很呢！畢竟他們過過鹹水，還有工作經驗，眼光比較寬廣。將來一定會成為推動台灣進步的巨大力量。」

我為他們辯白道。

以往，離開島上的台灣人不多。這種人被稱為「過鹹水的」（有出國、留學經驗），身分特殊。「過鹹水的」也意指經驗豐富、不可小覷的人物，換句話說就是經過千錘百鍊。不只是徵召工，加上雜務兵、軍隊雇員、志願兵等等，會突然冒出幾十萬個年輕的「過鹹水的」。想必他們會為台灣的將來，貢獻一己之力。

「哎呀，那麼低級的歌，你竟然聽得津津有味。」

彩琴嘲笑我，還帶有一絲責備的口吻。

我們才剛新婚。我們在終戰的隔月結婚，才剛過了半年。

大學畢業後，原本我打算立刻回鄉，父母卻捎信來要我別回去。理由是回台灣會被強制送去當兵，或者被徵召，於是我選擇留在東京就業。隨著戰爭結束，我任職的軍需用品公司也解散了。就在這時，我和女專畢業後無所事事的林彩琴結婚了。這麼做有點魯莽，但我想反正快要回台灣了，只要我們兩人同心協力，短期之內總會有辦法的。

實際上的確熬過來了。戰爭剛結束，物資缺乏。我們靠體力賺生活費，甚至可說是賺太多了。明明是新婚燕爾的夫妻，我們卻每天都非常忙碌。

「這算是我們的蜜月旅行！」

彩琴望著平靜的海面說道。我們曾經一起去鄉下採購糧食兼旅遊，但沒有真正的蜜月旅行，甚至很少有時間好好坐下來聊一聊。

「讓妳有一個貨物般的蜜月，真抱歉。」

我這麼說。聽著引擎的聲音，躺在貨船船艙睡覺，如此的蜜月旅行，肯定會成為難忘的回憶。

「不過，再過不久就會抵達台灣，今天之內就會到。」

彩琴說道。

朝風丸這艘老舊貨船，從宇品開往基隆需要六天的時間。而今天就是第六天。

「四年沒回台灣了。」我喃喃說道。

再過不久就能親眼看到故鄉。我闔上雙眼，試著回想它的模樣。我家位於台北的大稻埕，巷弄雖窄，但那一帶的建築物卻很寬敞。附近有媽祖廟，遇到廟會的日子就熱鬧滾滾。媽祖廟旁邊有間名叫「八仙樓」的餐廳，是四層樓的紅磚建築物。父親時常在那裡招待客戶，我偶爾也會作陪。戰時及戰後的日本，吃不到什麼營養的食物；對故鄉的回憶首先就聯想到食物，說來真是丟臉。回憶起八仙樓的料理，我不由得吞了吞口水。

「我三年沒回去了。」

彩琴說道。三年前，她曾冒著被魚雷轟炸的危險回去台灣一次。我不知道她是否想著食物，但她率先提到家鄉的山，想必不像我如此丟人現眼。

「再過不久，就能看見菩薩山了。」

她的娘家位於從台北搭公車約二十分鐘車程的「菩薩庄」，一個座落於菩薩山山腳的村莊。

從我台北的家，可以越過屋頂眺望菩薩山，我也曾搭公車經過菩薩庄好幾次。當時我怎麼也沒想到，將來會和庄長的女兒結婚。

「我想吃八仙樓的雞捲。」

「哇，你一直在想吃的？你真的很貪吃耶！」

「我也在想媽祖廟的廟會。」

「你想的是廟會小吃攤的炸豆沙包吧？」

後來，我們開始聊起故鄉。由於我們在日本結婚，並不認識對方的家庭。彩琴身為媳婦，經常詢問關於我家人的細節，很努力要了解我的家人。至於我，也非常想知道妻子從小到少女時代，是在什麼樣的環境下成長。

朝風丸的船頭將海水劃開，激起白色的浪花，然後接二連三將泡沫往後推。我撕開麵包的包裝紙，揉成一團扔進海裡。紙球被風一吹，朝後方橫向飛去。背後是日本，眼前是台灣。我忽然想到，這個無意間的行為是否象徵著什麼，內心忐忑不安。

我聽見了夾雜在船艙合唱歌聲中的引擎聲。

我倚著船舷的扶手，雙眼望向大海，耳朵聽著妻子說話。彩琴聊到自己的家人時，看起來總是相當開心。由此可以得知，她在一個開朗的家庭中長大。

她的娘家是菩薩庄的富翁，也是大地主。在台灣，只有少數家庭才供得起女兒到東京留學。菩薩庄除了林家，還有姓陸的富人家。陸家也是地主，但規模不如林家那麼大。與其說是富翁，不如說是望族。他們從清朝就開設了「啟志書院」，教導附近孩童念書，陸家代代都是經營私塾。雖然如今私塾早已消失，但陸家主人陸樞堂是畢業於日本大學的知識分子，不愧為文人世家的後代。

林陸兩家因為某個因素，這十幾年來處得不太和睦。然而彩琴卻對陸家人很有好感。從她的談吐中可以得知，她對陸樞堂似乎非常尊敬。我經常聽她提起這號人物。他是一名瘦削高挑的老紳士，乍看很像學者，據說也擅長武術。聽說他每天都會揮舞繫上長繩子的鎖鏈，鎖鏈上還掛著砝碼。

陸樞堂的女兒陸杏和彩琴同年，兩人從小感情就不錯。

「你們兩家人不和睦，假如杏是男人，又和妳湊成一對，就形同羅密歐與茱麗葉了。」

我曾經半開玩笑說過這種話。

結果，彩琴頓時變得一臉嚴肅。

「杏的哥哥和我姊姊就是這樣。」她回答道。

林陸兩家稱不上是反目成仇，而是變得比十年前疏遠。在那之前，同為地方仕紳的兩家人，交流非常頻繁。會變成現在這樣，有個非常明確的原因。

陸家的兒子陸宙從旁慫恿，把當時在東京念大學的彩琴哥哥林景維帶到大陸去。而且，傳言指出他們兩人和上海一帶的抗日組織有密切關係。

由於當時的時空背景，兩名青年成了叛國賊。不只如此，在日軍占領南京後不久，林景維就病死了。這消息一開始只是傳言，但林景維的遺書不曉得用什麼方式轉寄到林家，最後成了不爭的事實。

林景維是長子。家人悲傷欲絕，尤其是母親，傷心到有陣子連家人都束手無策。照彩琴的記憶，她說平常寡言的母親，竟在眾人面前扯開嗓子大喊，有好幾次還說了詛咒陸家的話。

她母親的怒罵，從兒子「被教唆」變成「被殺害」。不用說，兇手當然是陸家的兒子陸宙。

「阿宙不如也死了算了！」彩琴的母親歇斯底里地吼叫道。

「一定是因為她有更年期障礙的關係。」

彩琴說了莫名奇妙的話，為母親辯解。

「應該是遺傳吧？」

我用嘲笑的口吻說道。

「好過分！我有像那樣發過神經嗎？」

彩琴瞪著我。

「沒有，我剛才是開玩笑。」我立刻收回剛才那句話。

「最可憐的是我姊姊珠英。」彩琴摩挲著扶手繼續說，「她喜歡宙哥，結果他不但跑去大陸，還被媽說成殺人犯——我想她一定很難過。姊姊本來就比較內向，不會說出內心的想法……。」

「妳姊姊現在幾歲了？」

「二十七。」

「十年前，就是十七歲吧？」

「對呀。」

「看來早熟也是林家的血統？」

「討厭！」

彩琴又瞪了我。只不過，她這次瞪我的方式，帶有一絲溫柔。

「不過，事情變成這樣，陸宙或許也會回台灣呢！」

我這麼說。

戰爭結束了，台灣回歸中國。過去的謀反者，這下子全成了英雄。台灣已經變成中國的領土，陸宙很有可能會回來。

「如果真是這樣就好了。」彩琴目不轉睛地注視著水平線，「可是，不曉得宙哥還是不是單身？他應該已經三十三或三十四歲了……珠英還沒結婚就是了。」

船艙的合唱終於結束了，只聽見引擎和浪花的聲音。

「戰爭這玩意兒……。」

我不由得嘟囔道，但話說到一半就停下了。戰爭殘酷地玩弄了人類的命運，在船艙裡的兩百名年輕人，不也是戰爭的犧牲者之一嗎？

戰爭摧毀了好幾百萬人的愛，傷口仍在隱隱作痛。若是能夠癒合的傷口，那還算慶幸。

但有些傷口是永遠敞開的，再也無法痊癒……溫熱的鮮血，不斷自傷口淌出——想到這裡，此刻的心情無法言喻。

我沉浸在傷感當中，彩琴似乎在這時說了什麼話，而我沒有專心聽。

「呃？妳說什麼？」

我問道。妻子發現她特地向我搭話，我卻沒有聽進去，頓時露出不悅的表情。

「我說珠英人不可貌相，是一個意志堅定的人！」

「哦，原來是這樣。」我答腔，「妳好像很崇拜姊姊。不曉得她是怎樣的人，將來總有機會和她碰面，我很期待。」

表面上，我完全不認識妻子的家人，其實我知道彩琴姊姊林珠英這號人物。她和我同年，我就讀中學時，她也在台北的女校念書。據說她是個大美女，說到林珠英這個名字，在台北中學生之間可是赫赫有名。知道歸知道，也不過是她走在路上時，頑皮的朋友小聲對我說：「你看，那人就是X高女的林珠英喔！」因此我記得她的長相，如此而已。她果然是個如假包換的美人胚子，我在內心讚嘆不已。

直到結婚後，我才知道妻子是林珠英的妹妹。妻子給我看照片，指著上頭的女性說這是她的姊姊，我才認出對方就是當年那個X高女的林珠英。

當然，林珠英不可能認識我，因此我也沒有對妻子提過這件事。過去我曾經偷看妳的姊姊，讚嘆她的美貌，向妻子坦白這些事是否妥當？我們才剛結婚，實在不知道該如何拿捏分寸。

「我好喜歡姊姊。」

彩琴說道。

「看照片的印象，她好像是個美女。」

我不經意地提起這件事。

「對呀！」彩琴亢奮地說，「有數不清的人來說媒，姊姊全都回絕了。媽哭著哀求她結婚，可是珠英說什麼也不肯聽話，所以我才說她很堅貞。」

「不過，二十七歲的女人，也算是有一點年紀了。」

「我想她一定是忘不了宙哥。」

「問題是已經過了十年耶？」

「十年……。」

說到這裡，彩琴嘆了一口氣。

十年真的是一段漫長的歲月。

「假如陸宙從重慶回台，那就皆大歡喜了。」

我回應道。

「是啊……但是問題在媽身上。在媽看來，宙哥就是殺了兒子的凶手啊……。」

「好棘手啊。」

「真的很棘手。況且，宙哥是男人，不太可能還是單身吧……。」

彩琴按著被風吹亂的頭髮，表情非常嚴肅。有句話說西施顰眉人更美，彩琴也是愈憂愁愈凸顯她的美貌。

之後，我們聊了很多。我有事先寫信回家，但戰後郵務尚未步上正軌，恐怕還沒有寄達台灣。忽然跑回家，大家一定會很驚訝——我們就是在聊這些。

我彷彿可以看到父母露出又驚又喜的表情，尤其是母親，肯定會喜極而泣吧？彩琴似乎也想著類似的事。只不過，出現在我腦海裡的，是大稻埕後面狹窄髒亂的小巷子，而她想的肯定是菩薩庄充滿綠意的田園景色。

理所當然的，我們夫妻會先回我家。我明白彩琴很想趕快回菩薩庄的娘家，於是我們商量，不如在抵達的隔天，兩人一起回去。

「畢竟吉田太太還委託我們辦事。」

我這麼說。

我們在東京的鄰居吉田太太，託我們帶信回台灣。吉田太太的親哥哥是一位姓川崎的陸軍少佐，人在台灣。她在復員省[1]打聽到，終戰時川崎少佐人在林尾飛行場的部隊，而林尾就在菩薩庄附近。說不定川崎少佐早已被遣返回國，我們有可能與他擦身而過。但受人之託忠人之事，還是必須跑這一趟……。

甲板上還有許多年輕的徵召工。過了一會兒，他們那裡忽然響起了歡呼聲。

「是台灣！看見台灣了！」

我凝視著大海遙遠的另一端。可惜我近視很深，什麼也看不見。

「看得見嗎？」

【譯註】

1 **原為陸軍省，一九四五年十二月一日改組為第一復員省，後與舊海軍省改組而成的第二復員省合併為復員廳。**

我問了妻子，她的視力很好。

「水平線上面，隱約可以看見淺灰色的點。」妻子答道。

船駛進基隆港前，靠近我的前方似乎有座小島。水平線上的那點灰色到底是小島，還是台灣本島的影子？我分辨不出。總歸一句話，那確實是和「我的故鄉」相連的東西。

甲板響起的歡呼聲引來了人群。眼看右舷已經擠滿了人，且幾乎都是年輕的同胞。我們夫妻在年輕人體味的包圍下，不由得緊握住對方的手。

「台灣！是台灣！」

不久，他們互相摟住彼此的肩膀，開始唱起台灣具代表性的民謠《雨夜花》。

連我也看見了灰色的點。顏色愈變愈深，體積愈變愈大。我注視著那個點，久久無法將視線移開。

「啊，吹來的風已經聞不到海潮味，而是台灣的味道……。」

彩琴在我耳邊輕聲說道。

不出所料，我家和彩琴家都沒有人來迎接我們。

直到上岸為止，我們都在甲板上眺望基隆的突堤，怎麼看也看不膩。這時候我才第一次看到中國士兵。枯葉色的軍服，看起來實在不怎麼威風。下半身是短褲，綁腿直接套在腳上，感覺很可笑。每個人的膚色都黑黑的，看起來呆頭呆腦。體格壯碩且高大，我心想該不會是來自北方的軍隊吧？他們單手拎著槍枝，悠閒地走著。

日本軍隊也忙著卸貨。由於是解除武裝後，他們身上沒有佩帶任何武器。他們的打扮和日本國內到處可見的復員兵一樣，只不過衣領上都別有階級章。在日本國內，士兵會率先扯下階級章，但外地的士兵似乎尚未將軍隊體制破壞殆盡，見到上級仍會行舉手禮。

三名美國軍人開著吉普車抵達碼頭。其中一人朝甲板上的船長大聲發問，原來是在問檢疫的事。

原本擔心上岸手續可能很繁複，實際上卻不需要辦任何手續，簡單到令人洩氣。畢竟是回自己的故鄉，當然不需要任何手續。

基隆港是故鄉的大門。但我們最先看到的卻不是故鄉的人，而是來自大陸的「國軍」官兵、等待遣返的日本軍人，以及開吉普車到處跑的美國人。

我兩手提著行李箱，走下舷梯，在睽違四年的故鄉踏出第一步。

腳下是故鄉的土地——不對，是基隆的水泥突堤。

離開突堤進入市區，我才鬆了一口氣。拉人力車的苦力、大聲叫賣的小販、油的味道、南國水果的香味、懷念的故鄉話……。

車站前的大馬路上有一整排攤販。老闆幾乎都是台灣人，但其中也摻雜著想趁遣返前將身邊物品處理掉的日本人。鋪在路面的草蓆上，擺放著各種物品。時鐘、畫框、還有兩件女性的和服。綴有鶴圖樣的和服，和這個地方完全不相襯。

現場還是以販賣食物的攤販居多。

「要不要吃點東西？」

彩琴提議。她在船上取笑我貪吃，其實她也抵擋不了食物的誘惑。

「當然好，我也贊成。」

我這麼回答。

「啊，有杏仁湯，也有肉粽！還有鳳梨、香蕉……。」

彩琴接連不斷說出映入眼簾的食物名稱。

「用不著一一列舉，從今以後，妳想吃多少就有多少。」

我對她說。

「這樣吧，要不要買一串香蕉走？」

「也好，就在火車上吃吧！」

日本的紙鈔和台灣銀行券通用，是一比一的對價。

賣香蕉的男子得知我們是剛從外地回來的客人，告訴我們很多事情。

「你們要搭火車？可是最近不怎麼準時喔！班次也不多……剛剛才走了一班車，下一班恐怕要等很久喔！車廂裡也夠受的，擠了滿滿的人……最快的方法就是搭卡車，可以去車站前搭。公車班次也很少，最近啊，基隆人要去台北，多半是搭卡車……我沒有吹牛，真的很不好過。總之就是『狗去豬來』。你們只要在台灣待個兩、三天，就會懂我的意思。」

狗指的似乎是日本人，而豬指的是來自大陸的那群人。

我們買了一串香蕉，照小販的話前往車站，果真有兩輛卡車停在那裡攬客。

我先把行李拋上去再爬上車，然後牽起妻子的手，把她拉到卡車上。車上有很多乘客，但卡車司機似乎想賺更多錢，拉開嗓門喊了好一陣子。

「這輛車去台北喔！要坐就趁早，馬上要開車了！」

他招攬著還拿不定主意的客人。

不久，卡車終於開動了。彩琴原本好奇地望著街景，當車子轉過街角時——

「啊！」

她忽然低聲叫了一下。

「怎麼了嗎？」

我問。

彩琴不由得喊叫的同時，也緊緊抓住我的手臂。她的眼神注視著方才經過的轉角。

「我覺得那邊有個路人好像是宙哥……。只不過他戴著墨鏡。」她說。

「宙哥？妳說的是陸家的兒子嗎？」

「對呀，那個人長得很像他……。」

「就是十年前約你哥哥一起去大陸的那個人吧……。不過，十年前妳才十二、三歲，妳竟然還記得他的長相啊！」

被我這麼一說，她似乎也喪失了自信。

「或許只是長得很像的人吧。」

她遲疑地答道。

卡車又轉過一個街角，已經看不見彩琴說的那位疑似陸宙的男子。

戰爭時，陸宙人在重慶，戰後回台灣的可能性非常高。與其說有可能，不如說是肯定會回台灣。然而彩琴在基隆看見的男子，到底是不是陸宙本人，這又是另外一回事了。

從基隆到台北花了一小時以上，這段期間，我坐在卡車上欣賞故鄉的風景。睽違四年才見到的山河，與其說是觸動了我的心，反倒更重重地顫動了我的脊髓。我感到胸膛變成一個空洞。今後我的心會被什麼東西填滿，我毫無頭緒。總之，遊子帶著一顆空洞洞的心，就要回家了。

卡車開進台北，停在太平町的大馬路上。據同車的乘客說，這個日本時代的地名，現在改名為「延平路」。想必是取自延平郡王，又稱國姓爺的鄭成功吧。乃木、兒玉、明石等，這些取自日本總督姓氏的地名，肯定也會改掉。對我來說，眼前的街景仍舊是太平町，並沒有延平路的感覺。新名字目前還很陌生，但早晚會在這片土地扎根。新舊兩個地名的地位，遲早會在大家的內心互換；總有一天，其中一方會被人遺忘。

一踏進懷念的大稻埕小巷裡，震耳欲聾的鑼聲和鉦聲就讓我嚇了一大跳。

（這個時期，媽祖廟應該沒有大拜拜啊……。）

雙手提著的行李箱明明很重，我卻沒什麼感覺。熟悉的建築物映入眼簾，腳步自然也愈來愈快。

到家後，所有事物都和我在腦海裡描繪過的一模一樣。父親變得有些蒼老，母親看起來卻一點也沒變。

「媽，妳好像沒什麼變。」

我這麼說。

「誰說的，」母親含淚回答，「頭髮白了好多……。」

我把彩琴介紹給家人。

「我好擔心你會帶語言不通的日本女人回來，太好了、太好了……菩薩庄就在附近呢！」

母親似乎打從心底為我們的婚事感到高興。

鄰居聽聞我回家了，陸陸續續都跑來家裡，連同學也來打招呼——我忙著應付客人，一刻也閒不下來。

大家都想聽我說戰後日本的情況，我盡可能詳細地敘述給他們聽。他們也站在前輩的立場，把戰後台灣改變的模樣，全都說給我聽。台灣從日本回歸中國稱為「光復」，以結論而言，跟我在基隆聽小販說的一樣。所謂的「光復」，換言之，就是把狗換成豬。

一轉眼，時間過得飛快。

晚飯過後，大家也天南地北地聊。

「搭船很累吧？你們早點休息，想聊的話，明天還可以繼續聊。」

聽到母親這麼說，我看了看時間，已經快要九點了。

就在這時候，外面奏起鑼聲。到家前聽到的那個聲音，響了一陣子後靜了下來，現在又開始了。此時，鉦也跟著響起。

「外面鬧哄哄的，到底怎麼回事？」

我問母親。

「住在八仙樓對面的李爺爺在慶生哪！」

「哦，那位爺爺還健在嗎？」

「七十大壽呢！」

「敲鑼打鼓的，辦得好熱鬧啊。」

「古早的東西，一口氣全都恢復了。」母親解釋道，「從布袋戲到傀儡戲，大大小小全都出現了……從前有的東西，光復後一個勁兒開始流行起來！」

戰爭時，日本的台灣總督府，不遺餘力企圖將台灣人「皇民化」。為使繼承中國傳統的台灣人變成日本人，首先禁止了來自中國的風俗習慣。接著是禁用台語，推行「國語運動」，並要求所有人家祭祀「天照大神」。然而這麼做也不可能消滅長年累月深入民間的傳統。隨著「光復」，壓抑已久的古老習俗，猶如驚濤駭浪般復活了。就像現在這樣，住在大稻埕後面的富有退休老人，正鑼鼓喧天地慶祝生日。

「慶生歸慶生，也鬧得太誇張了吧？」彩琴說。

真的是震耳欲聾的噪音。

「是啊。不過說實話，現在時間還早……。」母親答。

南國的晚上九點，天才剛黑。

鑼聲和鉦聲中，還夾雜著鞭炮聲。

「外面這麼吵，想睡也睡不著。反正不怎麼累，去散步好了。」

我這麼說。

不單是因為睡不著，而是回到闊別已久的故鄉，我也想到處走走看看。彩琴也跟著一起來，但我心想，寧靜的田園夜晚，才會引起她的思鄉情懷。

念中學的堂弟替我們帶路。

首先，我們從門外探頭看了正熱鬧慶生的李家。鑼聲和鉦聲暫時休息，取而代之的是此起彼落的鞭炮聲。鞭炮聲一停，鉦聲也彷彿等不及似地再度奏起。

「媽祖廟那裡在演布袋戲，要不要去看看？」堂弟慫恿道。

「哦，布袋戲啊！好懷念喔，就去看看吧！」

我贊同他的提議。

布袋戲就是掌中戲。把小小的人偶套在手上，用手指操縱。以前我好喜歡看布袋戲。表演的劇目大多是有出現關公的《三國志》，或是像《火燒紅蓮寺》那種改編自稗官野史的故事。

「戰爭中禁止演布袋戲對不對？」

我問堂弟。

「終戰時是全面禁止，在那之前，如果是演日本故事就沒關係。可是用台語演真的很可笑。」

堂弟傲慢地說。

「日本的故事？比方說什麼？」

「鞍馬天狗之類的。」

「唉呀呀……。」

用台語演的鞍馬天狗，簡直無法想像。

話說回來，李家對面的八仙樓靜悄悄的。過去的八仙樓，無時無刻都會傳出宴會的喧囂聲。

「這裡未免太安靜了吧？」

我指著八仙樓說。

「哦，你說八仙樓嗎？」堂弟答，「他們已經不開餐廳了，現在變成那邊來的軍人的兵舍。」

這麼一來，今後再也吃不到八仙樓的雞捲。我感到有些遺憾。

我們在媽祖廟看了布袋戲，正好上演到關公擊倒一擁而上的敵人。相較於故事本身，我更沉浸於兒時的回憶。我經常模仿布袋戲玩耍，也記得台詞中最精采的部分。

我們觀看了半小時後就回家。李家依舊鬧哄哄的，但一到十點就頓時安靜下來。雖說南國的夜晚很熱鬧，畢竟到了十點，也差不多是人們就寢的時刻。

睡前，我和彩琴一起去了父親的房間。在這之前，我忙著應付母親和朋友，父親也忙著工作，沒什麼機會好好聊一聊。關於今後的人生計畫，我必須找父親商量一番。

「家裡的生意還好嗎？」

我問道。

「少了管制，生意確實比戰爭時好做多了。不過，這下子變成手腳太慢的話，就會被人乘虛而入，一刻不得閒。」

父親答。

「是不是需要我幫忙？」

「不，這倒是不用。至今也是靠這些人撐過來的，你想做什麼就做什麼，選你喜歡的工作吧！」

「這樣啊……。」

「不過，找工作之前，最好先思考一下台灣目前的狀況。我想想，你就玩個兩、三個月吧。這段期間，我會負責照顧你們。」

「這樣子我會良心不安。我年紀也不小了，況且我還有老婆。」

「無所謂，你用不著擔心這個。坦白告訴你，我們的生意有賺錢。戰爭時，那些御用商人和拍日本人馬屁的傢伙，現在的下場都不太樂觀。幸虧我沒有做任何違背良心的事，所以做起生意來也很順利。」

「叫我玩兩、三個月，我實在過意不去啊……」我搔了搔頭，「不過，我離開台灣太久了，這些年的變化很大，我應該好好研究一番……可是我實在沒什麼自信。爸，你偶爾也要指導我一下。」

「有什麼不懂的，你儘管問。最重要的是要親眼去觀察。」

接著，父親就對兒子和兒媳婦，針對台灣的現況好好「講課」一番。

協助日本的有力人士，理所當然被視為「漢奸」，有人甚至遭到逮捕還吃上官司。就算沒有遇上這些麻煩，這群人還是會被新政府盯上，迫不得已只好禁足。

父親「講課」結束，我們正打算離開時，彩琴一臉擔憂地說：

「我爸不曉得要不要緊？」

彩琴的父親是庄長，肯定也積極協助過日本當局。一問才知道，他也是推動「皇民化運動」組織的地方幹部。

「放心吧，妳不用擔心。」我說，「庄長不是什麼大人物，妳想想，台灣有多少村子？小小的庄長根本不算什麼。」

「可是，他確實很熱心地協助日本……我想他會被迫辭去庄長的職位，今後或許也沒辦法擔任公職。」

「能不能擔任公職，無所謂吧？」

「話是沒錯……不過，爸也是無可奈何。」

彩琴的父親會主動協助日本，有值得同情的理由。由於兒子林景維背叛了日本，向敵方投誠，林家遭受責難，「叛國賊之家」的封號讓他們臉上無光，家人的忠誠度也連帶遭到懷疑。為了減輕家族受到的無謂責難，也為了洗刷無中生有的嫌疑，岳父便積極協助日本當局。

然而，「當局」從日本變成了中國。現在的當局，對於過去當局的相關人士，想必不會有什麼好感。

「假如禁足就能讓風頭過去，那就好了。」

彩琴憂心忡忡地低聲說。

「如果妳哥哥還活著，這時候情況就會大大不同了。」

我這麼說。

彩琴的哥哥反抗日本當局，投靠中國。對現在的當局來說可是「愛國人士」。但林景維卻死在從南京撤退到漢口的路上，實在相當遺憾。

「是呀，要是哥哥還活著就好了……。」

彩琴喃喃說道。

「不過，對現在的岳父來說，妳死去的哥哥正好成了贖罪券。大家會對愛國人士的父親客氣一點。」

「若真是這樣，那就再好不過了。」

女兒擔心父親是理所當然的。但我認為區區一個鄉下的庄長，不太可能對他窮追猛打，追究什麼責任，頂多叫他辭職了事。我可以理解彩琴的擔憂，但是她把事情想得太嚴重了。

「不要擔心那麼多，早點睡吧！有多久沒有在陸地上好好睡一覺了？」

我拍了拍妻子的肩膀說。

「總之，我想儘快回家一趟。」她說，「我甚至想立刻飛奔回去……。」

菩薩庄雖然近，無奈時間已晚。

「明天就要回娘家了，」我安慰她，「妳三年沒回家了吧？相較於三年的漫長歲月，再忍耐一天也沒什麼大不了的。」

既然已經嫁做人婦，睽違三年回到故鄉，也不能馬上回娘家。我很同情彩琴，可是只要再忍一天不是嗎？不對，今晚先睡一覺，明天早上就能出發去菩薩庄。只要再忍耐幾小時就好。

爬上床躺下後，仍舊睡不熟。半夜忽然醒來，甚至有自己還在朝風丸船艙席地而睡的錯覺……不過，床鋪沒有像船那樣搖晃，也聽不見引擎的聲音。

彩琴似乎比我還要難以入眠，翻了好幾次身。

「我們說好了，明天一大早就要去菩薩庄不是嗎？妳要早點睡才行啊。」

我說。

「無論如何都要辭去庄長的職務才行……不，我想他已經辭掉了。」

她翻了身，忽然說出莫名奇妙的話。

「庄長這種需要為民服務的麻煩工作，辭掉才是明智之舉……先別說這些了，重要的是快點睡吧。」

「我爸就是熱心嘛！如果爸辭職了，下一任庄長肯定是陸家。」

彩琴還是小聲地胡言亂語。

「妳給我適可而止！」

我斥責道。

我藉著微弱的燈光看了看時鐘，已經兩點半了。

回門

台灣把回門稱為「作客」。意指女兒原本是一家人，現在嫁為人婦，改以客人身分回家。我們回彩琴家也沒有事先知會，因此她回娘家的情況，跟我昨天完全一樣。除了家人，親戚和鄰居也紛紛趕來探望。

她把我仔細介紹給每一個人，無奈人數眾多，認識後一轉頭就忘了。該怎麼稱呼這個人，我也一頭霧水。想必彩琴昨天也有過相同感受吧？

「家裡完全沒變，和三年前一模一樣。」

彩琴反覆將深深吸入的空氣，感慨萬千地，同時也萬分不捨地吐出來。

我四年沒回家，家中的模樣變了許多。除了有新蓋的部分，灰色的牆壁也粉刷成白色，變得更明亮。家附近也變了，轉角的房子消失變成空地，還看到有商店翻新店面。總覺得街景好像有什麼不同，仔細觀察才發現，原來是日文字的招牌全換成中國風了。

單論這點，鄉村的變化就比較少。

「不過，這面牆上有哥哥的照片，之前沒有……。」

彩琴靠近掛在客廳的照片，注視了好一會兒。

那是死於大陸的林景維的遺照。感覺很秀氣，不太像在鄉下長大的人。照片裡的他雙唇緊閉，但這並不代表他有堅強的意志，反而給我他硬是將內心懦弱緊緊封住的印象。

三年前，客廳沒有掛彩琴哥哥的照片，八成是顧忌世人的眼光。當年的時勢，不允許光明正大掛起叛國賊的照片。

然而這張照片，現在看起來卻像是「贖罪券」。

「來，要請女婿吃蛋了。」

彩琴的母親特地來告訴我們。

該來的還是來了啊，我這麼想。

婚後第一次回門，有個習俗是新娘家要請新郎吃水煮蛋。原本的目的是讓緊張的新郎放鬆心情，是一個充滿趣味的儀式。

碗裡盛入糖水，糖水裡放入水煮蛋，還要附上一雙很滑的筷子。新郎挾水煮蛋時，由於筷子和水煮蛋的表面都很滑溜，很難順利挾起。就算好不容易挾起來，舉到一半也會因為蛋太滑又掉入糖水中。所有人因為新郎出糗被逗得哈哈大笑，新郎也會跟著笑出來。緊張的新郎藉這個機會放鬆心情，和新娘的家人打成一片——這個儀式有這樣的心機。

只不過，現在已經淪為形式了。

母親在我出門前，特別叮嚀我有關回門的事。

「你到了那邊，對方會請你吃蛋，絕對不可以吃喔！你只要拿筷子碰一下蛋就好，然後立刻把筷子放下，明白了嗎？」

沒什麼大不了的，只不過是一個用筷尖碰雞蛋的儀式罷了。

我按照這個愚蠢的規矩，畢恭畢敬地拿起筷子，輕輕碰了一下水煮蛋，接著放下筷子並行了一個禮。

這麼一來，我在回門時必須完成的職責就結束了。

如同大多數的富有農家，林家的紅磚建築也是蓋成「コ」字型。中間的院子有三面被建築物圍住，站在院子裡，就能從沒有建築物的正面，越過稻田遙望悠然矗立的菩薩山。

鄉村綠意盎然，清新又爽朗。精力充沛的孩童，赤腳在院子裡奔跑，和城裡截然不同。

我從附近一帶，隱約嗅到了妻子兒時的氣味。那是一種植物性的氣味。

彩琴走出屋子叫了我。

「午飯準備好了，快進來吧！」

「好，我馬上就去。」我一邊說，還刻意動了幾下鼻子，「總覺得有妳的味道。」

「咦？我今天沒有噴香水呀？」

「不，我說的不是香水味。」

這種感覺很難解釋。為了省去麻煩，我面露微笑訂正了自己的說法：「不是味道，算是氣息吧！」

餐桌擺設在客廳。正打算入座，岳父就被客人叫出去了。我們只好盯著一整桌的豐盛菜餚，等待岳父回來。

我感到有些遺憾。因為妻子的姊姊珠英有事到台北去了，還沒有回家。我努力回想林珠英在女學生時期的長相，但怎麼樣都想不起來。腦海中想起的，反而是妻子給我看的相簿。

不久，岳父回來了，還帶了兩位客人。

「請進，正好我女兒帶著女婿回來。是啊，就在昨天，他們剛從日本回來。」

林家的主人用日語說道。

兩位客人都穿著中國軍隊的軍服，腰帶還塞著手槍。

「不了，我們今天來是因為工作，不打擾了。」

說著一口流利日語的人，是看起來不到四十歲，身材修長的軍官。接著他向同行另一位體格壯碩的中年胖軍人，用中文說了一些話。

「我女兒和女婿回來得很突然，家裡什麼也沒有準備。來，不要客氣，請坐。」

岳父拉開椅子，邀對方入座。

兩名軍人小聲交頭接耳後，好不容易商量出結果，另一位軍官用有口音的福建話這麼說：

「那麼，咱們就喝一杯酒再走吧。我們很想坐下來多聊聊，可惜我們還在值勤。」

只有親人的聚餐，突然有外人介入，感覺實在很討厭。尤其是大陸來的軍人，根本摸不清他們在想什麼。岳父表面上對他們卑躬屈膝，內心肯定也不希望他們久留。聽到對方說只喝一杯酒，他鬆了一口氣。即使如此，他還是猶豫該不該再次挽留他們。

兩名軍人拿起桌上的酒杯，坐在一旁的彩琴幫他們斟了「紅露酒」。他們兩人一飲而盡，放下酒杯。

「謝謝。」

胖軍人面帶微笑地說。

「兩位再多坐一會兒……。」

岳父彎下腰，又開口挽留了一次。

「不，這樣就夠了，謝謝各位的招待。」

會講日語的年輕軍官這麼說，壯碩的中年軍人也擺擺手露出微笑。

他們相當有軍人風範，態度乾脆，喝完酒就離開了。

「爸，他們是誰？」

彩琴擔心地問道。畢竟父親是積極協助日本的人，她很害怕「漢奸」的問題。她甚至懷疑剛才那兩名軍人就是為此而來。

「他們是崔上校和葉中校，是警備司令部的軍人。昨天晚上，這附近發生了奇妙的事件，他們是來調查的。」

岳父解釋道。

「哦，原來是這樣。」彩琴似乎放下了心中的大石頭，「昨天發生了什麼事啊？」

「日本軍官被殺了，就死在水利會幫浦間的後面。」

岳父回答。

開飯了。

用餐時，大家天南地北地聊。接近尾聲時，岳父開始敘述昨天晚上的殺人事件。

駐守在林尾飛行場的緒方部隊，有三分之二以上的人，已經從基隆搭乘遣返船回到日本。目前還剩下大約五百名士兵，預計在幾天內就會遷移到基隆。

由於高雄港暫時無法使用，全台灣的日本人，幾乎都是到基隆港搭乘遣返船。因此，靠近基隆的幾個重要地點，到處都是等待遣返的日本人。緒方部隊剩餘的士兵還在排順序，暫時無法搬到基隆。飛行場已經被中國軍隊接收，他們便搬到位於菩薩山山腳的臨時兵舍。

戰爭剛結束時，傳聞屬地中最安定的台灣，遣返順序安排在最後。官方甚至表示會花上四年的時間，才能全部遣返完畢。因此，所有人在一開始就做了長期滯留的打算。

出乎意料的，由於出動了自由輪[1]，遣返速度忽然加快了。估計再過半年就能遣返完畢。

緒方部隊的殘軍，白天忙於協助附近的民眾，其實心早就飛回祖國了。早在他們駐守在林尾飛行場時，這個部隊的士兵就經常來菩薩庄買蔬菜和雞肉，很多人都很面熟。部隊長緒方大佐個性敦厚，這一帶的居民都很喜歡他。因此，菩薩庄附近雖然有很多穿軍服的軍人，卻非常平靜，絲毫感受不到戰爭後的慌亂與殺氣騰騰。

位於村子郊區的賴家，他們的兒子今年就要滿十七歲了，每星期會去台北三次，上夜間速成班學「國語」。戰前辛苦學會的「國語」是日語，戰後的國語卻變成了中文，而且是和台語差異頗大的北京話，又得費神去學「國語」。賴姓少年非常熱心向學，即使台北很遠也騎著腳踏車通學。

下課時間是晚上九點，回到菩薩庄大約接近十點。昨天晚上，賴姓少年滿身大汗想擦把臉，於是他停好腳踏車，走到幫浦間後方，那裡有一口井。

結果，他還沒走到那口井就被東西絆倒了。四周很暗，幫浦間的屋頂又在地面形成陰影，他看不清楚腳邊有什麼。他再次用腳輕觸，想確認那到底是什麼，卻忽然癱坐在地。那似乎是一個人。

賴姓少年嚥下口水，心想或許是個醉漢睡在這裡。他戰戰兢兢地伸手去摸——這次卻立刻往後彈開，開始不停地顫抖。手指觸碰到的黏稠物到底是什麼，可想而知。

賴姓少年不愧是男孩子，他打起精神，跑進最近的民家，解釋了事情的來龍去脈。

——以上就是發現屍體的經過。

日本人警官離開台灣後，由於來自大陸的警力遞補太慢，導致台灣當時的警力薄弱。菩薩庄只有一名台灣人巡查（警員），平常閒得發慌，一旦發生這種事件，他也無力處理。緒方大佐及兵舍的人也聞風趕到。那具穿著日本軍服的屍體，頭蓋骨都裂了，衣領別的階級章是少佐。留在台灣的部隊中只有一名少佐，有幾名士兵看到這名少佐在九點過後離開了兵舍。

沒有佩帶武器的士兵，原則上禁止夜間外出。然而在菩薩庄這個和平的村落，並沒有人嚴格遵守這個規則。熄燈時間是九點，但遇到廟會有巡迴演出時，士兵們也會看戲看到很晚。既然發生了殺人案件，當然要找出犯人。更何況被害者是日本軍人，那就不只是警察的問題了。警備司令部派崔上校來這裡，就是為了這個案件。另一位葉中校，則是在台北參與日軍遣返事務。既然是遣返中發生的案件，當然也和他有關係。何況他會說日語，必要

【譯註】

1 自由輪（Liberty Ship），美國在二次大戰期間大量製造的貨輪，以補充遭德國潛艇擊沉的商船，可迅速建造且價格低廉。

時可以派得上用場。

剛才造訪林家的那兩名軍官，壯碩的中年軍人是崔上校，身材修長的年輕軍人是葉中校。

「嫌犯就藏在村民裡，實在太荒唐了！這個村子裡怎麼可能有殺人犯！」

岳父這麼說。

「就是說呀！」岳母也跟著附和。

「那裡大多數的士兵，在林尾飛行場還沒被接收的時候就和村人熟識。可是遭到殺害的川崎少佐，直到戰爭快結束才來到這裡，根本沒有人認識他。」

「什麼？川崎少佐？」

我不由得小聲叫了出來，回頭看了一旁的妻子。彩琴也露出驚訝的神情。

「川崎少佐，就是吉田太太委託我們的……。」

妻子說道。

「沒錯，就是吉田太太的哥哥。」

我回答。為數不多的軍人中，不可能有兩個「川崎少佐」。被害者就是吉田太太的親哥哥，我想絕對錯不了。

「咦？你們認識被殺害的川崎少佐？」

岳父問我。

「我們還沒有和他見過面，」我答道，「住在東京時，鄰居中有位姓吉田的女性，她說她哥哥是川崎少佐，而且人在林尾飛行場。」

「然後啊，」彩琴插嘴道，「吉田太太託我們帶了封信，請我們交給她在台灣的哥哥川崎少佐。」

我隔著衣服按住口袋，那封信就在我身上。我原本打算若今日白天有空，就順便散步去飛行場，把信交給對方。

「好奇妙的緣分啊！」

岳父感嘆道。

沒想到我們抵達台灣的當晚，收信人川崎少佐就遭人殺害了。這樣的緣分也太離奇了。

「總之，希望凶手不是村裡的人……。」

彩琴快六十歲的伯母喃喃說道。

「放心吧，」朝氣蓬勃的青年，彩琴的堂哥這麼說，「川崎少佐跟我們村裡的人一點關係也沒有，既沒有恩也沒有仇。」

常常聽說有警察和軍人，以及少數遭居民懷恨在心的人，在戰後遭到報復。然而，很難想像到底有誰會對在戰爭結束前，才從外地調來這裡的川崎少佐不懷好意。

「我覺得很詭異，」岳父忽然想起什麼似的，「我會這麼說，是因為日本軍內部好像起了糾紛，而且是發生在幹部之間。偶爾我會聽到奇怪的傳言……。」

終戰後，國外的重要物品都仰賴飛機運送。錢德拉．鮑斯[2]在運送作為印度國民軍資金的寶石時，於台北的松山飛行場墜機遇難。這是眾所周知的事實，但最後仍舊沒有找到鮑斯的寶石。據說日本軍方也暗中計畫，要將從南方各地蒐集來的寶石，當作「復興資金」偷運回日本。然而，自從麥克阿瑟進駐日本後，日本的機場全都受到同盟國控管，據說這些昂貴的物品便暫時藏匿在台灣。

有風聲說，許多高價物品，就藏在這一帶的林尾飛行場。

岳父說了這番話。

「假設有三個人知道東西藏匿的地方，當這三人打算瓜分時，其中一人堅稱這是國家財產，這下子該怎麼辦？只要殺了那傢伙，一切就會進行得非常順利。就算沒有人提出異議，二分之一也比三分之一多，而一個人獨占又比二分之一好。說不定啊，被害者不會只有昨天那一個人喔！」

因為埋藏的寶藏所引起的糾紛——簡直就像少年冒險小說。不過，終戰後我親眼目睹過許多令人不敢置信的景象，實在不敢斷定這是一則荒唐無稽的傳言。

「這麼一來，犯人就是知道寶石藏匿處的人。假如寶石真的被藏起來了，部隊長緒方大佐當然知道東西藏在哪裡。可是，我不想懷疑緒方大佐，因為他是一個品格高尚的人。」

岳父似乎很喜愛談論這種話題，興致勃勃地說著。

彩琴顯得很不耐煩。睽違三年回到故鄉，想必有很多事情想問。雖然對川崎少佐的事件也很感興趣，但岳父滔滔不絕地聊這件事，肯定會感到煩躁。

【譯註】

2 錢德拉·鮑斯（Subhas Chandra Bose, 1897-1945），律師，印度獨立運動激進派領導人。曾任印度國大黨議長，後與甘地決裂。二戰時試圖藉由德國及日本的力量，來達成印度獨立的目標。一九四三年在日方支持下成立「自由印度臨時政府」，並就任「印度國民軍」最高司令官。一九四五年八月十八日於台北飛行場（今台北松山機場）意外墜機身亡。

「對了，新竹的伯父好不好？」

彩琴插嘴道。

「嗯，他很好。」岳父心不在焉地回答，繼續談殺人事件，「佐官等級的人有三個，其中一人已經回到日本。都當到佐官了，當然知道那些秘密。」

不會喝酒的彩琴，氣憤地含了一口酒在嘴裡，過了一會兒又開口問。

「村子郊區的香菸鋪，有個快八十歲的婆婆，她還健在嗎？」

「去年年底死了。」岳父嫌麻煩似地隨口回答，一邊揮舞筷子一邊說，「除了剩下的兩名佐官，可能還有少部分尉官知情。搞不好犯人不只一人？我認為啊……。」

就像這樣，彩琴數度嘗試讓父親轉移話題，別再聊川崎少佐的事件，卻屢戰屢敗。最後她這麼問：

「爸，你現在還是庄長嗎？」

岳父終於瞄了女兒一眼。

「我早就不幹庄長了。」

他不屑地放話道。

同時也不再繼續談殺人事件。

「那現在的庄長是誰？」

彩琴問。

「現在改叫做鄉長了，」岳父一臉嚴肅地說，「就是啟志書院的老陸。」

語畢，他陷入沉默，開始灌酒。

「說到陸家，宙哥應該回來了吧？」

彩琴問道。

岳父沒有回答，但岳母開口了。

「還沒有，不過遲早會回來吧！」

這句話同時也暗示著「我們家景維卻再也不會回來」。

「可是，我在基隆看到很像宙哥的人。」彩琴說。

「那是什麼時候的事？」岳母反問。

「昨天呀！我們從基隆搭卡車回來，我從行駛的卡車上瞄到一眼，真的長得很像他……。」

「是嗎？不過，如果他真的回到台灣，應該會馬上回家才對。他要是回來了，消息一定會傳遍整個村子。我什麼也沒聽說，我想他應該還沒有回來。」

「是我看錯人了？」

「一定是妳看錯了。」

「他從重慶回來，應該會變成大官吧？」

「他的年紀還當不成吧？」

「可是，他應該已經成為了不起的人物了吧？」

「是這樣嗎……。」

陸宙返鄉對岳母來說，是一個殘酷的話題。她在心裡一定不停地想，假如兒子景維還活著，該有多好？我輕輕頂了頂彩琴的側腹部。

但彩琴並沒有發現那是封口令的暗示，以為我是碰巧撞到她。證據就是她竟然說了最不該說出口的話。

「要是哥哥還活著，那就好了。」

「真的……。」岳母眨了眨眼，眼眶似乎泛著淚。

不知灌了幾杯紅露酒的岳父，這時候忽然捲起袖子大聲說話。

「啟志書院的老陸雖然當上鄉長，但是遇到村子裡的大事，大家還是會跑來找我商量。剛才那兩名軍人也是，到頭來還是找上我，問東問西的……有些事還是不能沒有我。說白了，民主主義的國家啊，總理大臣上面還有總統呢！」

他肯定是喝醉了。

生活在如此安詳、綠意盎然的田園，有必要這麼執著於「庄長」這個職位嗎？在我看來就像是小孩子被搶走了寶貝玩具，覺得不甘心罷了。這麼一說，岳父的確有些地方很像小孩子。

彩琴看到父親的模樣，皺起眉頭。

她的側臉看起來好美。

逛寺廟

我們預計在彩琴的娘家住一晚。

吃過午飯後，我們移動到別的房間。據說這裡原本是彩琴的房間。

「聽說我去日本的期間，沒有任何人用這個房間喔！」

彩琴開心地環視室內。

我感覺這裡也殘留著昔日妻子的味道。大多數的男人，對妻子的幼年及少女時代都一無所知。但只要一接觸到和對方過去有所關聯的事物，多半會有懷念的感覺。

「人偶也維持原樣呢！」

窗邊的櫃子上，竟然有個小小的金太郎人偶。

「好可愛喔！」我一面說，一面伸手摸了那個人偶。

「有沒有灰塵？」彩琴問。

我看看摸了人偶的手指，並沒有弄髒。

「完全沒有。」我向她報告。

「應該是平常就幫我打掃得很乾淨吧！還是只有今天特別這麼做呢？」

房間一隅有張漆成紅色的桌子，桌上有尊木雕佛像。同樣是佛像，卻和日本的截然不同，台灣的佛像顏色非常鮮豔，甚至可以說是花俏。我站在佛像面前，目不轉睛地盯著佛像的臉。佛像當然不會有妻子過去的味道，但我還是有懷念的感覺。

端詳了好一會兒，我終於明白這個懷念的感覺從何而來。

「這是台灣人的長相。」我喃喃說道。

到底有什麼根據，讓我斷定佛像是台灣人的長相，其實我也說不上來。只不過，佛像確實長得像台灣人。

「你說什麼台灣人的長相？」

彩琴走近我，詫異地望著佛像。

「妳不覺得嗎？」

她好像不太明白，一臉莫名奇妙地注視著佛像。

「聽你這麼說，好像有那麼點像……不過，祖師廟的佛像更像台灣人喔！」

菩薩庄有兩座寺廟。一座名為祖師廟，是和鄉下毫不相稱的豪華寺廟。另一座是位於菩薩山山腳附近的迎雲寺，據說這間古老的小佛寺沒有住職。和祖師廟相比，迎雲寺非常簡陋，但它的歷史更悠久，供奉的是文殊菩薩，有一說是菩薩山和菩薩庄的名字，就是源自這座寺廟。不過到了現在，普遍的說法是山的模樣恰似佛的坐姿，於是有了菩薩山這個名字，這一帶也被稱為菩薩庄。

「不過這個長相不像別人，就是如假包換的台灣人。」我說。

彩琴看我對佛像由衷地讚嘆，便邀我散步到祖師廟去。

「那裡有很多佛像，除了佛像，後面還擺著舉辦廟會時會用到的大將軍的像。你一定會喜歡！」

留在家裡也無聊。更何況，外面有著清明節前的一片蔥蘢。

雖然我們待在房間可以獨處，但總有人會編一些理由跑進房間，趁機再將新郎的長相端詳一番。再說，飄蕩在房間裡的妻子少女時代的味道，我已經聞遍了。

於是，我們來到外頭。

台灣的農家，屋子四周圍繞著「竹圍」，也就是竹林。有稀稀落落的竹林，也有宛如叢林般蒼翠茂盛的竹林。林家是富翁，擁有大片的「竹圍」。這片竹林除了會產筍，也會在颱風季節保護屋子的安全。

菩薩庄到處都看得到「竹圍」。竹圍間隱約可以看見的農家，有紅色的房子，也有黯淡的灰色房子。富有的農家是紅磚蓋的，貧窮的人家則是泥土牆加上稻草屋頂。經濟情況中等的農家，會使用磚塊建造建築物的主要部分，其餘就用竹子綁成支架後再砌成土牆來充數。

複作的一期稻才剛插秧。一整片低矮的秧苗，布滿菩薩山山腳的平原。嫩綠色之間有「竹圍」穿插點綴，替風景增色不少。左邊那一片個頭較高的應該是甘蔗田，還有四散在各處的椪柑田。

放眼望去，這一帶似乎沒有比妻子娘家更豪華的建築物。唯一的例外就是從馬路右邊望去可以看到的那棟誇張的建築。從屋頂翹起的弧度和鮮艷的色彩，看得出來那不是普通人家。肯定是之前耳聞過的祖師廟。

「那就是祖師廟嗎？」我問。

「對呀！很雄偉吧？」

妻子得意地答道，似乎認為家鄉只有那座華麗的廟能夠引以為傲。但是愈走近祖師廟，就愈顯出它的庸俗。遠望時看不出來的金箔，也開始閃閃發光。

廟裡面非常幽靜。既然供奉的是佛祖，原本應該是一座佛寺。然而，五顏六色的神像，以及同時供奉著的五文昌帝君，在在顯示出台灣宗教的特徵：佛儒道三教混淆。

好久沒看到這種景象，懷念的情感油然而生。但是看著看著，詭異的一面逐漸令人生厭。

「像這樣塗滿金色的佛像，我不是很喜歡。」

我環視廟內的神像佛像後這麼說。

「你比較喜歡古色古香，老舊到發霉的東西，對不對？」

妻子語帶諷刺地說。

「沒錯，這種東西就是要有歲月的痕跡才好。」

「那你比較適合去迎雲寺。那裡沒有住職，佛像都蓋滿灰塵。」

「等一下去那裡看看吧。」

位於菩薩山山腳附近的迎雲寺，歷史比祖師廟悠久，現在卻已經沒落。據說祖師廟的廟祝是個聰明的男人，到處吹噓祖師非常靈驗，甚至捏造可疑的證據，獲得了大量的信徒。迎雲寺會落魄到連住職也沒有，恐怕就是被祖師廟的氣勢壓倒。仗著自己歷史悠久便疏於宣傳，才造成了現在的悲劇。戰爭時，迎雲寺甚至被駐守附近的日本軍隊當成倉庫，下場非常淒慘。

祖師廟位於略高的山丘上。佛像我很快就看膩了，但是從山丘上眺望的風景十分迷人。猶如佛坐姿的菩薩山，大約位於眼前半公里處。肩膀線條非常平緩，相當於臉部的部分卻是陡坡。等同頭部的山頂附近，又再度變成圓潤平緩的形狀。

菩薩山山腳有個顏色黯淡，有如寺廟殘骸的東西，就是迎雲寺。

祖師廟和迎雲寺之間，有棟氣派的民宅。

「那就是陸家。」

彩琴告訴我。

雖然不如林家那麼大，也是一棟中規中矩的紅磚屋。前面的院子立著一根像是旗竿的粗棒子。清朝時期，若家中有人參加科舉並考中「舉人」，就能豎立旗竿以顯榮耀。受日本統治的這五十年來，這支旗竿矗立在這裡，想必就像遺跡般難為情。有些人家覺得礙事，便把旗竿拆除。陸家卻將它視為學者之家的象徵，保留到現在。

陸家後方的遠處，有五棟很像兵舍的屋子。日本軍隊無論去到哪裡，都會建造類似的兵舍。從祖師廟眺望的風景中，只有那個區塊顯得特別突兀。

眼前是故鄉的山河……除了那五棟兵舍之外。正午的陽光太強，所有士兵應該都待在建築物裡，戶外看不見半個人影。

我摸了摸口袋，裡頭有吉田太太委託我們轉交給川崎少佐的信。我把那封信掏了出來。

「對了，這封信該怎麼辦？」

妻子看了看信封的收件人。

「還能怎麼辦？川崎少佐已經不在人世，想交給他也沒辦法呀！」

信沒有封口。信件可能會經過檢查，所以一開始就沒有封死。當然我也沒有做出偷看信件這種下流的行為。畢竟信件沒有封起來，內容八成是無關緊要的家書。

「我們來看信好不好？」我徵求妻子的意見，「我想應該沒寫什麼重要的事，就是報告近況。可是，也說不定會寫些什麼特別的……。」

「就算寫了什麼特別的要緊事，當事人也已經死了呀！」

「總之，我們先看看就是了。」

坦白說，還是有一股偷窺的衝動。

信的內容如下。

哥，你最近好嗎？戰爭終於結束了。作爲一名軍人，我想你一定感到相當遺憾吧？我彷彿可以看到你咬牙懊惱的模樣。不過，這也是大勢所趨。爲了將來，請你不要洩氣，千萬要振作起來。

我想哥也知道，國內遭受嚴重的空襲，主要都市幾乎都被炸彈攻擊了。幸好我們家在鄉下，沒有任何損害。都市裡缺乏糧食，但鄉下也沒有這個問題。

爸媽和治子姊姊，大家都很好。在橫須賀的清哥已經被除役，前些時候回到老家了。他回去前有先繞到我東京的家，他曬得很黑，看起來比以前健康。總之，大家一切安好，請你放心。

我結婚後，和吉田一直在東京生活。幸運的是，我家也沒有被大火燒掉。我們一家人似乎都是吉人天相。多數人家裡都有成員受到戰火波及，或是家人戰死。不可思議的是，唯獨我們家沒有人遇害。假如哥也能平安回家，那就再好不過了。

我去了復員省，好多人都來這裡詢問駐外部隊的事。我在這裡的運氣也很好。你以前在大陸的長官丸龜大佐，在這裡擔任課長，他馬上就幫我查。我只見過丸龜大佐一次，他卻記得我，我好驚訝。得知你在終戰前從大陸調到台灣，也查到了部隊名，暫時放下了心中的大石頭。

不過，信件好像沒辦法順利投遞，於是我委託一位要遣返回台灣，名叫楊輝銘的人，把這封信轉交給你。楊先生是台灣人，住在我家附近，我和楊太太相處得還算融洽。相信楊先生也會告訴你，我們都過得很好。

等哥回國後，我也會回娘家相聚。好久沒有一家人團圓，我好期待。

衷心期望能儘快看到哥平安無事的模樣。在那之前，請你務必注意身體健康，千萬不要太累。

「你看，果然沒有寫什麼要緊的事嘛！」

從一旁把頭探過來的彩琴說。

「是啊……。」

我原本就猜到會是這樣的內容，卻也莫名期待信上或許寫了什麼特別的事情。

「你好嗎？我們大家都很好。——就是這樣而已。」妻子說道。

不知為何，我還是耿耿於懷。這封信好不容易遠渡重洋來到台灣，實在捨不得就這樣扔掉。

「不如這樣吧？」我說，「川崎少佐一定會舉辦葬禮，把這封信供奉在他的靈前如何？他的家人沒辦法親自參加，至少用這封信代替家人……。」

「也好，就這麼辦吧！」

彩琴也贊成我的提議。

「枉費吉田太太那麼開心，說川崎一家都很幸運……。」

我喃喃自語，感嘆命運竟如此捉弄人。

「因為他們在日本運氣太好，在台灣才會遭到惡運，這是互補。一定是這樣沒錯。」

彩琴提出神祕的理論，我不禁露出苦笑。

我們按照慣例上了香，離開了祖師廟。

接下來要走半公里的路，前往迎雲寺。我們一面走，一面討論散步的行程。我打算從迎雲寺走去日軍的兵舍，把川崎少佐的信交給部隊長緒方大佐。彩琴說去兵舍前，想先繞去陸家看看。

「杏還沒有來過我家，不知道是怎麼回事？我回來的事早就傳遍整個村子了。是不是媽因為哥的事，對陸家感到氣憤，所以她不好意思來？」

要怎麼走，其實我都無所謂。既然來到菩薩庄，一切就交給妻子決定。

不久，終於走到供奉文殊菩薩的迎雲寺。正門關著，還上了門閂。看到門閂上堆積的灰塵，果然有「廢廟」的感覺。旁邊的小門壞了，可以從那裡進出。

「好淒涼。」

我這麼說。

廟內是石板地。先不管石板上累積的灰塵，到處都有疑似雞屎的東西，髒亂不堪。角落躺著三把斷掉的刺槍術用木槍，一旁還有兩捆稻草人模樣的稻稈束疊在一起，應該是用來練刺槍術的標靶。疊在上面的稻稈束綁有布條，寫著「羅斯福」。日本士兵肯定用木槍大肆攻擊了這位「仇敵」吧？這座廟曾是日本軍隊的倉庫，從這些物品便能窺探一二。

這座廟也有佛儒道三教混淆的跡象，各種佛像和神像雜亂無章地排列在一起，有的甚至掉在地上。這些佛像小至三十公分左右，大至和成人差不多高度，數了數一共有七尊。

廢廟中的佛像已經不再是佛像，可說是一塊朽木。即使如此，相較於金光閃閃的祖師廟，我反而覺得這裡更親切。每尊佛像都很舊，但其中也有勉強保住昔日色彩，臉部還殘留白色顏料的佛像。

「因為祖師廟香火太旺了嘛！」

彩琴用辯解的口吻說道。

「可是落差也太大了！你們菩薩庄的居民未免太無情了吧？就算祖師廟再怎麼靈驗，也不應該把這裡棄之不顧。這是累積了十年的灰塵啊！」

我用鞋底用力踏了石板地。灰塵立刻揚起，在褲腳邊飛舞。

「沒這回事，」彩琴噘起嘴，「爸還在公所任職的時候，每年都會派人把這裡打掃一遍。」

「那這個妳怎麼解釋？」

我指著石板地。

那裡有從某尊佛像身上扯下來的手臂，手背還沾滿了雞屎。

彩琴見狀也無言以對。她搖搖頭，聳了聳肩。

我故意深呼吸，然後皺起眉頭。

「你現在是在窮追猛打？心地真壞。」彩琴說，「我知道啦，聞起來有腐爛的味道對不對？」

「我現在吸進來的，不曉得是幾年前的空氣？這裡太舒適了，舒適到連空氣都不想離開這裡到外面去。缺乏運動的空氣很容易腐爛。」

「好了，我們出去吧。」

「不過啊，我喜歡這裡的佛像。它們最初八成和祖師廟的佛像一樣，塗得花花綠綠，現在變成這副模樣，庸俗什麼的都消失了，真的神乎其技。該說是脫俗嗎？總之有一種難以割捨的風貌。」

我是真的這麼想。妻子或許認為我語帶譏諷，氣呼呼地鼓起臉頰。

「我啊，最喜歡那一尊。妳看，就是那邊的……。」

那是一尊等身大小的菩薩像。它被擺放在邊緣的位置，可能不是本尊。台灣佛像多半身穿華服，那尊卻難得簡潔。斜掛在左肩的綬帶，不像其他佛像那樣輕飄飄又花俏，而是緊貼著身體，連衣襬也是這樣。單純的服裝甚至讓我聯想到中宮寺和廣隆寺的彌勒菩薩。那是一尊木雕佛像，卻殘留著淡淡的顏色。臉部的白色顏料和木紋混合，形成恰到好處的色調。

「你那麼喜歡嗎？」

「我真的很喜歡。為什麼讓那一尊站在那麼後面啊？」

「隨便擺的啦！」

彩琴眉頭深鎖。或許是這裡的霉味讓她感到噁心吧？

「那我們出去吧，」我催促妻子，「可是，我真的很喜歡。改天我再自己來慢慢看。」

「你的意思是我的品味很差嗎？」

「沒有，我不是這個意思。」

我趕緊否認。

「既然不是，就不要說什麼自己來慢慢看這種話。」

我們才新婚半年，還在學習婚後的生活模式。為了相互理解，小小的爭執和反抗也是一種訓練。我們兩人就像這樣一點一滴地學習。

從昏暗的迎雲寺突然走到室外，直射的陽光令人頭昏眼花。野外的空氣非常新鮮，我卯足全力深呼吸。

看向一旁，妻子也和我一樣鼓起胸膛，把在寺廟裡吸入的空氣，從肺部排出去，替換新鮮的空氣。

緊接著，我們前往陸家。

軍人們

鄉下和都市截然不同，非常開放。整個村子都像自家人，無論是誰都能不打招呼就進出別人的家。彩琴拜訪陸家時也是這樣。

她從宣示榮耀的旗竿旁邊，穿過陸家的前院，毫不客氣地從正門走進去。

「杏在不在？」她出聲問道。

沒想到她立刻慌張地說了聲：「啊，對不起！」然後退了兩步。

走進正門就是陸家的客廳，客廳裡有客人。如果是村人就無所謂，但對方是先前見過的中國軍人。也難怪彩琴慌了手腳。

陸家主人陸樞堂來到門邊。

「啊，彩琴，妳從日本回來了啊。太好了、太好了！妳和先生一起回來？哦，原來是這樣。妳儘管進來，不用客氣。」

「可是，你們家有客人吧？」

「我們已經談完了。把妳先生介紹給我認識吧！」

彩琴把我介紹給陸樞堂。

如同之前聽過的傳聞，陸樞堂果然是一位充滿知性的老人家。年過六十，白髮蒼蒼，但長相卻相對年輕。

「杏去台北了，不在家。」

陸樞堂對彩琴這麼說。

「哦，這樣啊。」

彩琴恍然大悟地點頭回應。整個村子都知道彩琴從日本回來，但是好朋友杏卻沒有來找她，還以為是兩家人反目成仇的緣故，正覺得傷心難過。原來杏到台北去了，怪不得她沒有到林家探視。

「她什麼時候會回來？」彩琴問道。

「我想她應該差不多要回來了……。這樣吧，不如妳到她房間去等她吧？」

「也好，就這麼辦。」

彩琴回答。

問題是，要去杏的房間，就必須經過客廳。她顯得扭扭捏捏。陸樞堂回到客人身邊，講了兩、三句話後，再次走到門邊。

「楊先生，我剛才聽說，你認識崔上校和葉中校？」

陸樞堂對我說。

「是的，」我回答，「我們在彩琴家見過一面……。」

「他們說他們到林家去的時候，你們正在用餐，沒機會好好聊一聊。他們希望跟你們認識一下。」

就這樣，我們夫妻被陸樞堂重新引見給崔上校和葉中校。

會日語但不會台語的葉中校，用日語問了我很多事情。問歸問，不過就是年齡、家族成員等常見的問題。他曾經到日本的陸軍士官學校留學，還問了東京的情況。那個地方被燒成灰燼了，那個地方沒有受到戰火的摧殘，我這樣一一回答。

我們閒聊的期間，崔上校始終保持微笑。他不會日語，聽不懂我們的談話。雖然聽不懂，他黑褐色的臉蛋依舊笑咪咪的，可見是個敦厚的人。

和我閒聊的葉中校雖為軍人，皮膚卻意外的白皙，態度也很和藹。

我們台灣人接受日本教育，隨著「皇民化」的口號被教育成日本人。然而，台灣「光復」之後，我們就光明正大地變成了「中國人」。

成為中國人。——問題是，何謂中國人？我還無法確切明白，也不知道自己到底會被塑造成什麼樣的人。

這真是一個難題。

我到底打算成為一個什麼樣的人——或者說，我必須成為什麼樣的人？或許我可以從眼前這兩人身上，找到部分的解答。

他們是中國人，卻也是軍人。不過，我還沒有聽過有日本軍人的談吐，像葉中校這樣溫和。

雖然我們繼承相同的祖先血脈，卻會因為不同的環境與教育，產生莫大的差距。而現在，我們必須彌補這個隔閡。我們戰戰兢兢地將土壤投入不知有多深的鴻溝，滾落的土壤聲，帶給我們不安，同時也給予我們勇氣。

戰後，從大陸來到台灣的人，風評都非常差。回台灣不到兩天，已經聽到好幾次咒罵他們是「豬」的說法。任何國家都有壞人，但肯定也有優秀的人。

我看著崔上校和葉中校的臉，在內心不斷複誦。

（這就是中國人，如假包換的中國人。）

我們的對話平淡無奇。即使如此，每當葉中校開口，還是令我雀躍。彬彬有禮的口吻、溢於言表的善意，還有從容不迫的舉止——。

葉中校吸引我的並不是談話的內容。他的態度，應該說他的存在觸動了我的血脈。我們聊著戰後的銀座，如此微不足道的話題，令我內心澎湃。

過去我未曾從一個人身上體會到如此的感動。我感動的理由是，我相信他是真正的「中國人」。

陸家客廳的牆上，掛著書法卷軸。那是一幅小楷毛筆字寫滿一整面的掛軸，兩名軍人一面斷句，一面念起掛軸上的字。念到一半，崔上校便笑咪咪地用福建話問我：

「楊先生，你看得懂嗎？」

我們接受的是日本教育，不像中國本土的人那麼擅長讀漢文。我覺得很羞恥。幸好我是近視眼，便用這個理由搪塞過去。

「我是近視眼，從這裡看，連字的形狀都看不清楚。」

就算能夠分辨字形，恐怕我也看不懂。

兩名軍人笑了。

我在內心發誓，一定要學好中文。絕對要成為一個了不起的中國人——。

就這樣，我們和兩名軍人坐在客廳聊了二十多分鐘，陸樞堂的女兒陸杏回來了。

「哎呀！」杏發現了兒時玩伴，瞪大了雙眼，「彩琴，妳什麼時候回來的？」

「昨天啊，今天是回門。」

兩人抱在一起。

「我完全不知道。那妳姊姊應該也還不知情吧？就在剛才，珠英和我才從台北搭同一班公車回家呢。」杏這麼說。

「哇，那姊姊也回家去了啊！」

「應該是。」

「這次是臨時決定的。」

「妳結婚的事——我忘了是誰，總之是聽戰後從日本回來的人轉述的，所以我知道妳結婚了。可是我沒想到妳會這麼快回來……還有，妳丈夫……。」

許久未見的兩個兒時玩伴突然重逢，只顧著自己熱絡地聊，似乎忘了旁人的存在。身為彩琴丈夫的我好不容易才被想起來，並介紹給杏認識。

杏長得很像父親，是個很有氣質的女孩。稱不上是美女，卻很迷人。突如其來的重逢讓她興奮不已，待她稍微冷靜後，便向我和兩名軍人打招呼。

「彩琴，到我的房間去吧！」

杏邀請彩琴。

「好啊，就這麼辦。」彩琴回答，回頭看著我，「老公你呢？」

雖然我們是夫妻，但一個大男人怎麼好意思去單身女性的房間呢？正當我遲疑不決，葉中校就站了起來。

「請便，」他說，「我們要失陪了，等一下我必須先去飛行場司令部，崔上校也得回台北一趟。雖然很想繼續跟你聊……東京的話題實在太令人懷念了。今天晚上方便再來這裡嗎？我們非常喜歡這個鄉村，今晚決定在陸家住上一晚。」

我認為這兩名軍人是值得研究的人物。我注視著葉中校溫和白皙的臉龐說：

「可以的話，我也想再來叨擾。」

一旁的陸樞堂也跟著附和。

「請你務必來玩。其實我很想留你們吃個晚飯，但你們是回門，我不方便挽留。吃過晚飯後，就當作散步順便來我家吧！」

兩名軍人走出了客廳。連不怎麼說話，只是滿臉微笑的崔上校，也在臨走之際拉開嗓門。

「再見、再見！」他不停道別。

「樞堂伯父，你當上鄉長後，其實很忙吧？」

客人回去後，彩琴說起客套話。

「平常不怎麼忙，今天比較特別。村子裡有日本軍人被殺，軍方高層就像剛才那樣跑來調查。」陸樞堂回答。

「哇，真是難為你了。」彩琴說。

「說是調查，但是查得慢條斯理。這一點和日本人完全不同。假如現在還是日本時代，想必搜查會更加迅速。可是相對的，也會有好幾個村人被抓去憲兵隊接受拷問。有好有壞就是了。」

陸樞堂這麼說。

之後，我們前往杏的房間。房間的陳設和彩琴的房間非常類似。不過，杏的房間裡排放著三個書櫃，櫃子上有滿滿的書。看來這名妙齡女子也繼承了學者的血統。

杏和彩琴聊近況聊得非常起勁。我不只成了局外人，甚至可說是夾在兩人之間的阻礙。她們聊的都是我不熟悉的人事物，似乎也聊到只屬於她們的私密話題，還會不由自主壓低音量。假如我不在場，她們應該會聊得更愉快。

我不應該留在這裡。——我這麼認為，於是我開始思考讓她們兩人獨處的藉口。

（對了，不如我到日軍兵舍去，把那封信交給他們……。）

「彩琴，」我開口了，「妳們應該有很多心裡話要聊吧？」

「那當然啊！」

彩琴一臉納悶地回答。

「那妳們慢慢聊。我趁妳們相聚的時候，把那封信處理一下。」

「那封信？……哦，你說吉田太太請我們轉交的信啊。」

「是啊。我們不是說好要把信交給部隊長，請對方供奉在靈前嗎？反正總要找時間去，不如我趁現在跑一趟。」

「這樣啊……那就這麼辦吧！」

兵舍屬於女人無法靠近的區域。無論何時去轉交信件，都必須由我一個人前往。我和妻子約好一小時後回來接她，接著我就將她留在陸家，獨自出發了。

從祖師廟俯瞰時，兵舍附近看起來沒有半個人影。一走近才發現其實有士兵外出。只是他們躲在附近幾棵大榕樹的樹蔭下，從遠處看不清楚罷了。樹下到處都有閒到發慌的士兵。衛兵早已廢除，沒有人站衛兵。雖說是軍隊，但所有士兵早就已被正式除役了。我沒有遭到盤問，卻也不知道該找誰詢問才好。

我走進其中一棟兵舍，正巧聽見《愛染桂》[1]的大合唱，營房因歌聲而震動。我忽然想起朝風丸船艙內的合唱，猶如望鄉之心渴求化為節奏。在這裡的日本士兵，眼看就要遣返，思鄉情緒想必沸騰到最高點。於是，他們便自然而然唱出了故鄉的歌曲。

大家都在唱歌。人家唱得正起勁，實在不方便打擾。更何況他們正在唱思鄉之歌。

兵舍內部中央是通道，兩側比通道高一些，整齊並排著一整列床鋪。我站在通道上，靜待歌曲結束。沒想到，《愛染桂》唱完後又立刻響起《赤城搖籃曲》[2]，幾乎沒有間斷。

我以為他們唱完後會休息片刻，看來靜靜等待是個錯誤的選擇。

等《赤城搖籃曲》唱完後，我立刻向身邊的上等兵搭話。

「我想找緒方大佐。」

「你要找部隊長？」上等兵抬起頭反問，「他在第三棟角落的特別室。」

《妻戀道中》[3]的旋律已響遍兵舍內。那名上等兵也張大嘴巴開始唱，深怕跟不上大家似的。

兵舍一共有五棟，無論從哪邊數，第三棟應該都位於正中間。

我朝那裡走去。

第三棟兵舍沒有歌聲。在這裡，大家都埋頭下著將棋或圍棋。

我向正在觀摩將棋比賽的一等兵詢問緒方大佐在哪裡，他親切地把我帶到房間前。

「你就進去吧！」

【譯註】

1 原文為《愛染かつら》，川口松太郎的小說，曾經多次改編為電影及電視劇。

2 原文為《赤城の子守唄》，一九三四年發行的歌曲。

3 原文名為《妻恋道中》，一九三七年的歌曲。

一等兵用豪邁的口吻說道，隨即回到同伴身邊。

台灣的日軍還別著階級章，但似乎已經廢除高階軍官的勤務兵。緒方大佐雖然占據了個人房間，但房間非常狹窄，兩把訪客用的椅子就把房間占滿了。

我告知來意，並把那封信遞給緒方大佐，他眨著眼睛說：

「哦，原來是這麼一回事。就差一天呢。」

相較於剛才那兩名中國軍人，緒方大佐可算是典型的日本軍人。細長的雙眼，眼尾上揚，眼皮感覺有點腫。若隱若現的眼瞳，散發出犀利的光芒。黑褐色的雙頰凹陷，看起來自我要求相當嚴格。是嚴以律己也嚴以待人的面相。

「是啊。就差一天，真的好遺憾。我想不如把妹妹的信，供奉在他的靈前。」我說。

「就這麼辦吧！」

緒方大佐抓起信封，隨手把它扔進桌子的抽屜裡。

「川崎少佐的遺體呢？」我問。

「放在台北的大學醫院。」

「似乎還沒有掌握到犯人的線索呢。」

「好像是。」

「那您有沒有什麼線索？」

緒方大佐的細長雙眼閃過光芒。我是不是太多管閒事了？站在我的立場，問這些問題，只是表達對亡者的關心。川崎少佐像野狗般遭人殺害，棄屍於路邊，基於道義也應該問一下犯人的情況吧？雖然我沒有見過本人，但是他的親妹妹就住在我家附近，也算有緣。

「沒有。」

緒方大佐冷漠地回答。

或許是天氣太熱令人心浮氣躁，我感到非常火大。面對部下之死，這個軍人一點同情心也沒有。或許是因為他在戰場上殺過太多個部下吧？

「緒方大佐，對於川崎少佐的死，你流不出任何一滴眼淚嗎？」

我頂撞他。

日本吃了敗仗，現在不再需要害怕他們。基於這樣的立場，我生平第一次敢頂撞陸軍大佐。一想到假如事情是發生在一年前，莫名的歉疚感就油然而生。若是一年前，就算我氣到火冒三丈，恐怕吭也不敢吭一聲。

緒方大佐目不轉睛地盯著我，企圖鎖定我的雙眼，我不能逃。我凝神承受緒方大佐的目光。

「眼淚心裡流，難道你沒聽說過？」

緒方大佐平靜地說。

「這樣啊，」我說，「換句話說，您在心裡淌著淚嗎？」

「這種問題，你認為我答得出來嗎？又不是在演什麼情深義重的戲，我在心底偷哭這種話，我怎麼好意思說出口？」

我們進行這段對話時，完全沒有移開自己的視線，簡直就像在對峙。

終於，緒方大佐的表情產生了變化。上揚的眼尾出現了溫柔的皺紋。

「嗯！」大佐發出強而有力的聲音，露出笑容，「看來你是個優秀、純真又不受汙染的好青年。是這樣嗎？」

「您認為我好意思說這種話嗎？」

我回答。

「我就知道！」緒方大佐說。

我們又注視了對方好一會兒。大佐的表情自始至終都很祥和，這就是日本人所說的「停頓」吧。這段短暫的空白會解決各種事情，或者讓人陷入事情已經解決的錯覺中。所謂的內心戲，肯定也是在這樣的停頓中上演。

「先來喝一杯吧！」

緒方大佐拿起桌上的茶壺，將飲料注入茶杯。我以為是茶，聞起來卻有酒味。

我不想喝酒。然而，習慣命令下屬的緒方大佐，壓根兒不認為我會拒絕。對方的自信讓我屈服了。

「那我就恭敬不如從命了。」

我不由得這樣回答。

杯裡盛的是清酒。而且不是台灣產的酒，是從日本帶來供給軍用的酒。

「好喝吧？」

確實很好喝。

「是的。」我回答。

「基於武士的仁慈，只有酒被留下來了。」

「原來是這樣，那其他東西呢？」

「你是不是想問社會上流傳的關於寶藏的傳言？不瞞你說，我也聽說了，真是荒唐至極。駐守林尾的部隊，何止是武器，連日常用具和工具類都提交給接收委員了。唯獨酒，他們倒是留給了我們。」

「這樣啊……。」

「我把部隊的所有物品列成清單，全部交給了接收委員，一個也不漏。甚至連十把鐵鎚，我都寫進清單裡。終戰時，上面確實命令我燒毀某些文件，但沒有掩埋任何東西。我這人從不說謊。」

「看得出來。」我說。

不需要冗長的解釋，靠男人之間的互瞪就能博得對方的信任。他似乎是這麼想的，表情顯得相當滿意。

「接收時發生了很多事，」緒方大佐這麼說，「也發生過很好笑的事情。接收委員看到我列出的清單，說這些物品由我們保管，直到正式接收為止。唯獨清單上的鐵鎚，他要我們立刻交出去。我們上繳了十把大小不同的鐵鎚，接收委員卻說這些是鐵鎚，要我們把清單上的金槌交出去。日語的鐵鎚寫作『金槌』，因為我寫了金槌，他們誤以為是黃金鐵鎚。

幸好有口譯員幫我們解釋清楚，對方才搞懂是怎麼一回事。」

我企圖把話題拉回來。

「川崎少佐的案件，您認為無法查個水落石出嗎？」

「應該沒辦法，」緒方大佐這麼說，將茶杯裡的酒一飲而盡，「川崎少佐是終戰前才調過來的人，連我也不太認識他。」

「意思是，這個案件很可能如墮五里霧中。」

「這也無可奈何啊。終戰後，經常發生莫名其妙的事件，畢竟世間變得那麼混亂。」

「這樣子，川崎少佐沒辦法瞑目呢。」我說。

「多的是無法超渡的靈魂。像是死在大陸的平原、南方的叢林、以及海底的人……。」

緒方大佐一面說，一面在茶杯裡倒了第二杯酒。

我把杯裡剩下的酒喝下後，站了起來。

「謝謝您的招待，打擾了。」

「哦，你要回去了？你認識川崎少佐的妹妹，我可以理解你很想查明事件的真相。純真的青年就應該是這樣子。可是啊，剛才我也說過，可惜我幫不上你的忙。川崎成為我部下的時間很短暫，我只知道他不是個擅長野戰的軍官。」

我向緒方大佐鞠了躬，打算就此離去。通往走廊的門上，掛著一張用黑邊相框裱起來的照片。進房間的時候，我並沒有留意到這張相片。

緒方大佐或許是發現我注意到那張照片，從背後向我搭話。

「那是川崎少佐的照片。」

「哦，原來如此……。」

我在心裡默哀。這麼說來，照片裡的人物確實和吉田太太有點神似。沒有軍人的豪放，反而像從事細膩工作的技師。

「我沒有時間深入了解這個人，但據我所知，他不是一個壞人，但他竟然在暗處遭人殺害！」

緒方大佐拿著裝有清酒的茶杯，走到我身邊，一起仰頭看著黑框中的照片。

復活的男子

我按照約定的時間回到陸家，彩琴和杏仍舊聊得很起勁。我離開陸家之後，她們想必就像這樣天南地北地聊到現在。我好佩服她們竟然有辦法聊這麼久。

「等一下喔！」

彩琴要我稍等，然後她又聊了十五分鐘左右。

「宙哥有沒有消息？」彩琴問。

「這個嘛⋯⋯」杏遲疑了一會兒，「我們一直沒有收到他的信。」

「他人在哪裡？」

「應該是重慶⋯⋯。」

「怎麼不問問從重慶回來的人？」

「可是，我哥和台灣革命同盟會[1]的人好像沒有一起行動。」

彩琴似乎依依不捨，站起來又繼續聊了一陣子。

回到林家，她的姊姊珠英果然已經回到家了。理所當然的，我算是第一次被介紹給她認識。中學時代頑皮小鬼所愛慕的林珠英，現在卻以妻子姊姊的身分出現在我面前。她還是很美，容貌卻比從前多了一絲嚴肅。我想起過去，沉浸在酸甜的滋味中。

意想不到的是，我很快就無法沉浸其中。隨後發生了一樁意外，將懷念的情緒徹底粉碎。一名三十多歲的瘦高男子，突然出現在林家，讓林家陷入混亂。

直到那名男子穿過前院並走進客廳為止，沒有人察覺到他的存在。在鄉下，任何人都會隨意進出鄰居的房子，彷彿自家後院似的。只不過鄰居的服裝大多很固定，不是穿著下田用的工作服，就是國民領襯衫。那名男子身上穿的卻是來自大陸的那群人經常穿著的「中山裝」。款式和日本的國民服很像，不過是貼式口袋。中山裝的顏色以藏青色居多，那名男子穿的卻是全白的中山裝。

他戴著帽簷很寬的巴拿馬帽，走進客廳。接著他緩緩摘下帽子，對彩琴的母親說：

「媽，我回來了。」

「啊，景維……。」

岳母先是大叫，隨即倒在椅背上昏了過去。

「啊！哥……。」

我身旁的彩琴猛地從椅子上站起來，卻愣在原地好一陣子，沒有靠近那名男子。傳聞早已身亡，連遺書都寄到家中的哥哥林景維，現在卻站在客廳的一隅，臉上還掛著笑容。他走近母親的身邊。

「媽，對不起，嚇到妳了。事出突然，來不及事先通知你們。」

他用雙手輕柔地搖晃母親的肩膀，在她耳畔這麼說。不久，岳母終於微微睜開眼，但尚未從震驚中回過神，連話也說不出來。

「爸，」林景維轉向父親，「等一下我再跟你們解釋清楚。麻煩你拿白蘭地過來，讓媽清醒一下好不好？」

岳父也因為太過震驚，張大嘴巴杵在原地。兒子向他搭話，他才好不容易回過神來。

「好，就這麼辦。」

【譯註】

1 二戰期間，台灣人陸續在中國成立抗日團體。一九四一年，這些抗日團體於重慶組成「台灣革命同盟會」。其目標為：統一台灣革命戰線、打倒日本帝國主義、擁護祖國抗戰、光復台灣。

語畢，他便走進裡間。

我環視客廳中的在場者。許多親戚聽說彩琴從日本回來了，都聚集在這裡。林景維出乎意料地現身，讓所有人都驚訝得不知所措。在林家任職三十年的女傭，臉色慘白不停發抖，簡直就像撞鬼似的。林景維離家時，堂弟們年紀還小，連他們也瞪大了雙眼，露出不安的表情。

只有一個人非常鎮定，就是彩琴的姊姊珠英。令人詫異的是，她的臉上幾乎看不到驚訝的神情。她踩著冷靜的腳步，走到哥哥面前。

「哥，歡迎回家。」

她凝視著哥哥說道。她端詳對方的方式，似乎是在確認這個人到底是不是自己的親生哥哥。

「是珠英啊……妳看起來氣色不錯，結婚了嗎？」林景維問。

珠英緩緩搖頭。

「還沒有，倒是彩琴先結婚了。她今天正好回門，還帶著丈夫一起呢。」

林景維發現了彩琴。他離開母親身邊，走向彩琴。

「妳長大了……我離家的時候，妳才十三歲吧……。」

彩琴紅了雙眼。她答不出話，眼淚幾乎要奪眶而出。

「他……我丈夫，楊輝銘……。」

她好不容易擠出這些話。

「楊先生啊，我妹妹就麻煩你多多照顧了。」

林景維這麼說，同時朝我伸出手。我握住他的手問：

「你在大陸應該過得很辛苦吧？」

「那當然……詳細情況等一下再說。我有太多話要告訴大家，不知道該從何說起。」

他笑了。林景維的笑容，奇妙地混合著強韌與脆弱。反抗日本殖民統治、轉而遠赴大陸的熱情，或許是他堅強的來源。反之，我也能感受到他的脆弱。既然他是受陸宙影響而前往大陸，我想這也顯示出他個性上的懦弱。而我似乎猜對了。

就在我注視著他的期間，那種奇怪的混合，逐漸變成詭異的感覺。

我別開眼，望向珠英，她似乎從剛才開始就目不轉睛地盯著哥哥的側臉。她的臉上也浮現了怪異的神情，我不由得屏住呼吸。不可思議的是，那似乎是憐憫的表情。哥哥懦弱的一面，讓她產生了哀憐。我只能做出這樣的解釋。

林景維回到母親的身邊。

岳母終於能夠開口說話了。

「你是景維……很熱吧？快把上衣脫下來。」

面對睽違十年的兒子，她脫口而出的是身為母親的關懷。

「好，我現在脫。」

林景維脫下上衣，正想把衣服掛到牆上的釘子，就看見了自己的照片。那是一張十年前的照片，還用黑邊相框裱起來。

「你們替我辦過葬禮嗎？」

他對著母親問道。

「辦了啊，而且辦得很隆重。」

或許是想起了當年的往事，岳母的雙眼泛淚，用手帕按著眼角。

彩琴的父親拿著裝有白蘭地的杯子回來。父子兩人聯手強迫堅決不喝的岳母喝下。

喝完酒後，岳父問兒子：

「我們有收到你的遺書，那到底是怎麼回事？」

「一言難盡啊。」

林景維開始娓娓道來。

許多反抗日本殖民統治，對大陸的革命懷有憧憬的台灣人，都瞞著日本官員偷渡到大陸。戰爭期間，他們當然和國民政府一起行動。後來，台灣人在重慶成立了「台灣革命同盟會」。林景維在爆發盧溝橋事變的前一年，受友人陸宙邀請，從留學地東京前往大陸。戰爭爆發後，林景維靠著日語能力，在政府機關任職。當時他最擔心的就是留在台灣的家人。他很可能會給身為地方仕紳，同時擔任庄長的父親添麻煩。

一開始，他曾想過要改名。然而台灣方面早就得知他前往大陸，只改名字沒有用，不如死了才能免於後患——他這麼想。光是放出他死亡的小道消息，還不足以完全放心。為了營造出假象，他甚至寫了遺書。一想到這麼做會讓父母傷心，他的心裡也很難受。但是他這麼做，卻也成功地避免家人遭受連累。

之後，他隨著政府移到重慶。戰爭結束後，台灣回歸中國，亡魂「林景維」才能名正言順地回到故鄉——。

聽到兒子敘述事情的來龍去脈，岳母頻頻用手帕拭淚。解釋完畢後，她這麼說：

「再怎麼說，也不應該寫假遺書啊。」

言語中透露出女人的怨恨。

不過，她的表情早已從震驚轉為喜悅。

「我們都不知情……真的，完全不知道。」岳父反覆說著。

「我啊，還以為你真的死了，對阿宙懷恨在心。畢竟你是受到那孩子的慫恿，才會跑去大陸嘛！」

「說到陸宙……」林景維吞吞吐吐，「他的下場很可憐。」

「可憐？怎麼說？」岳母反問。

「他死了，」林景維說，「而且是戰爭結束後才死的。他死於火災，生前還高興地說，再過不久就可以回台灣了……。」

「噢，阿宙死了啊……。」

岳母神色複雜。因為兒子的事，過去的她不知道有多麼怨恨陸宙。但是兒子沒有死，平安地回到母親身邊。相對的，陸宙卻死了。

「等一下我必須去向樞堂伯父報告這件事……這是一份吃力不討好的工作，但我也無可奈何。」林景維說道。

「沒想到阿宙竟然死了，真是可憐。」

岳母深深嘆了一口氣。既然兒子活著回來，她對陸宙也不再懷有恨意。她是真的為兒子朋友的死感到悲傷。

我發現彩琴一直偷偷觀察著姊姊珠英。我曾聽彩琴說，珠英過去愛著陸宙。聽到陸宙的死訊，珠英當然要有反應才對——意想不到的是，珠英竟面不改色。仍舊像剛才一樣，露出近似憐憫的表情。

珠英愛著陸宙，莫非是當時還是少女的妹妹彩琴，擅自胡思亂想嗎？還是說，畢竟過了十年，珠英早已忘了過去對陸宙抱持的那份特殊情感？又或者，她無法原諒拋棄自己遠赴大陸的男人，由愛生恨？

就算沒有這些事由，一般人聽到青梅竹馬的死訊，多少也會有心境上的變化。然而珠英卻顯得非常冷靜，反應未免太冷漠了。

這就是珠英的個性嗎？

彩琴看著這樣的姊姊，感到有些疑惑地歪著頭思考。從這一點看來，珠英對青梅竹馬的死訊漠不關心，似乎不是因為本性如此。連她的親妹妹都抱持著和我相同的疑問。

我再次觀察了珠英。憐憫的神情，似乎變得比剛才更明顯了——甚至近似「鄙視」。

「他好像喝了酒，來不及逃離火場。地點在重慶郊外的鄉下，類似穀物倉庫的建築物裡，他在那裡被燒死了……。平常的他應該可以馬上逃出去，可是他好像喝得爛醉……。」

正當林景維忙著解釋，珠英忽然開口了。

「他去那麼偏僻的地方做什麼？」

透過這個問題，才第一次得知她很關心陸宙的死。不過，她的語氣非常平靜。

「那座穀物倉庫在地勢較高的地方，景色很棒。」林景維解釋道，「阿宙會大半夜跑去那裡，據說是為了賞月。戰爭結束了，或許是鬆了一口氣吧，於是心血來潮到郊外看月亮。」

「附近沒有人家嗎？」

珠英問。

「那裡只有一座倉庫，距離村莊很遠，所以發現晚了。而且，火勢延燒得很快。再加上他喝得爛醉，回天乏術啊！」

林景維說完後，從掛在牆上的上衣口袋，掏出香菸和打火機。

他把高級香菸「前門」的盒子遞給我。

我抽出一根菸，銜在嘴上。林景維站在我面前替我點菸。第一口菸真的很美味。在中國本土，菸草是民營產業，自由競爭帶動了技術的進步。昨天晚上，我在家也試抽了四種上海菸。「一字牌」、「GREEN SPOT」、「THREE STAR」、以及「THREE CATS」。每一種都很好抽，但「前門」比昨晚那四種菸更棒。話說回來，台灣成了中國領土，卻原封不動地延續了日本時代的專賣局組織，為什麼不開放菸草產業民營化呢？真是太奇怪了。今天早上出門時，我抽了台灣製的「大中華」這款菸，味道實在不好。聽說以台灣專賣局製的菸來說，這款「大中華」還算是好抽的。像是「和平」這款菸，捲菸紙黑黑的，看起來就很難抽，讓人完全提不起興致。

「只有一座倉庫，怎麼會有火苗？」

珠英又繼續問。她的語調相當平靜，卻好像打算追問到底。既然有打破砂鍋問到底的熱忱，為何聽到陸宙的死訊時，卻能夠那麼冷靜呢？我實在無法理解。

「起火原因好像是菸，」林景維說，「根據警察的調查，他們認為阿宙點了菸之後，就把沒有熄滅的火柴隨手扔了。那裡雖然是穀物倉庫，但也堆放了很多乾稻草，火勢很旺……事後搜尋火場，就發現了阿宙……。」

「發現阿宙被燒成焦屍是嗎？」

珠英說道。

連林景維都支吾其詞，珠英卻親口說出「焦屍」這個驚心動魄的單字，而且面不改色。

「沒錯。」林景維回答。

「你要小心火燭啊，」或許是認為該輪到自己出面了，岳母插嘴道，「尤其是菸，你最沒規矩了。」

「媽妳放心啦！」

林景維這麼說，然後用手指夾著菸，輕敲菸灰缸的邊緣。香菸幾乎沒有產生菸灰，他卻反覆敲了好幾次。在我看來，他做那個動作與其說是神經質，更有種不正經的感覺。

「阿宙先喝了酒，才跑去那個鄉下地方嗎？」

珠英繼續追問著陸宙的死。

「不是。清理火場時發現了酒瓶和杯子，他應該是去了那裡之後，才開始喝酒的。」

「就一個人喝？」

「他喜歡一個人獨處啊，從小就是這樣。」

林景維一邊望著牆上自己的照片，一邊回答。

「對了，景維，」岳父開口了，「你好像沒有帶行李回來？」

「我放在台北了。」

「那工作有著落嗎？」

「戰後，我一直在那邊的軍事法庭，為日軍相關的戰犯訴訟案擔任口譯。我認識的許多熟人都到台灣來了，找工作應該不難。不過，與其急著就業，選份好工作還比較重要。」

「沒錯，」岳父用力道十足的口吻說，「即使多了你一口人吃飯，咱們家也不痛不癢。別心急，慢慢物色一個好職位吧！」

彩琴父親腦子裡所想的，八成都是從重慶回來，因時得勢的台灣人吧。

過去的文化運動鬥士黃朝琴，是國民政府的外交官，曾在舊金山擔任總領事。現在已經回到台灣，擔任省參議會議長。曾是公學校教師的游彌堅，帶著財政部專員的頭銜「凱旋回台」，目前擔任台北市市長這個要職。從事農民運動的劉啓光，自重慶回台後，成了新竹縣長。同樣從重慶回來的連震東，目前擔任省參議會祕書長，李萬居則出任新生報社社長。李友邦出身於距離菩薩庄不遠的和尚州[2]，他成了少將，也擔任三民主義青年團主任。樹林的王民寧、新竹的黃國書，這兩位都是「將軍」。五十年前，日本進駐台灣時，反抗到底的義勇軍司令丘逢甲的兒子丘念台，則以監察委員的身分出現在台灣人面前。

「重慶歸來」——在目前的台灣，這是一張王牌。「因時得勢」的那群人，現在年事已高。林景維比他們年輕太多，不太可能擔任市長或縣長，但絕對會有輝煌的將來。

岳父有多麼興奮，我非常清楚。他似乎非得做些什麼才能讓自己冷靜，於是他不停地喝茶，看就知道他根本沒有細細品味。

日治時代，由於他的兒子是「叛國賊」，讓他臉上無光——因此，他積極協助日本當局。歷經皇民化運動、志願兵運動——然後終戰了，他被貼上「協助日本者」的標籤，甚至不得不辭去鄉長的職務。

掛在客廳牆上的兒子照片，好不容易在戰後成了「贖罪券」。而現在，兒子回家了，猶如獲得了活生生的贖罪券。

再也不許任何人批評我——我兒子景維會成為政府高官，跟隨黃朝琴、游彌堅等人的腳步，出人頭地……然後……。

就在這時候，陸樞堂來訪了。

因為兒子的問題，這十年來兩家人鮮少交流，但偶爾還是會有禮貌上的拜訪。

「我聽說景維回來了……。」

陸樞堂站在客廳大門旁說道。

看來是林家的某個傭人，迅速地將林景維回台的消息傳了出去。

大門半掩。陸樞堂走進客廳時，在場的所有人都靜默了。一個不知道兒子早已意外身亡的可憐父親現身了。

「樞堂伯父。」

景維出聲招呼並且站了起來。

早晚他都得和陸樞堂碰面，將陸宙的死訊告訴他們。沒想到這個痛苦的任務，竟來得這

【譯註】

2 **今新北市蘆洲區。**

麼快——林景維肯定很想多爭取一些時間，做好心理準備吧？問題是，既然對方已經親自找上門來，想迴避也無能為力，只好認命了。

「伯父，我想告訴你有關阿宙的事情……這樣吧，麻煩你移駕到隔壁房間好嗎？」

陸樞堂注視著林景維的臉，過了一會兒。

「沒問題。」他平靜地回答。

客廳裡的所有人，都屏息目送他們走向隔壁房間。

衝破黑暗的影子

約二十分鐘後，陸樞堂和林景維才從隔壁房間回到客廳。

所有人的目光都集中在陸樞堂身上。

總覺得這位白髮蒼蒼的老紳士，臉色看起來有些慘白。但他的態度卻看不出絲毫動搖，他和彩琴的父親寒暄。

「真的非常恭喜你。」

岳父從椅子上抬起腰，露出不太自然的笑容。顯然他不曉得該怎麼回應對方。

「那麼，我告辭了。」陸樞堂說，「老實說，聽到你家千金回來的消息，我原本打算立刻過來拜訪。不過，因為發生了那個事件，我必須應付調查員。這麼慢才來拜訪，真是非常抱歉。」

他鞠了躬，慢慢邁開腳步。走到門邊後，他回頭對著我說：

「楊先生，方便的話，晚飯過後要不要來我家？那兩位軍人應該很期待和你碰面。」

待陸樞堂的背影消失後，岳父低聲問了兒子：

「阿宙的事，你都告訴他了？」

「當然啊。雖然心痛，卻也無可奈何……。不過，我卸下了肩膀上的重擔，真的鬆了一口氣。」

林景維用手帕擦了擦脖子，鼻頭也浮現汗珠。看來他費了一番功夫才說出那個殘忍的事實。

「我想也是。不過，趁早把吃力不討好的事情辦完，這樣也很好。」

岳父這麼說。

「不過，」彩琴開口了，「樞堂伯父非常鎮靜，態度相當大方，他果然是個傑出的人。」

「他肯定是強忍住內心的悲痛。」

岳母說道。

「那當然，」岳父說，「兒子死了，任誰都會心碎。每個人的個性不同，有人會隱藏情緒，有人不會。哪種做法比較好，無法一概而論。傷心哭泣的人，或許比較有人性……不過，能夠承受住傷痛的人，應該比較偉大吧……。」

客廳中談論著一本正經的話題，氣氛變得相當嚴肅。然而這樣的氣氛持續不了十分鐘，畢竟林家現在充滿著喜悅。

隨著那名不幸父親的背影消失，大家也隨即將他遺忘。

彩琴的母親已經停止哭泣。兒子活生生地站在眼前——她似乎終於體認到這個事實。

「你回來得正好，為了女婿，今天晚上我準備了一桌好菜呢！」

她一邊說，一邊勤快地開始指揮傭人們。

林景維環視周圍，露出滿足的表情。過了一會兒，他說晚飯前要到附近散步，便獨自外出了。睽違十年的故鄉景色，一定會勾起他的回憶。

不用說，當天的晚飯非常豐盛。一整個家族的人聚集在一起，吃吃喝喝好不熱鬧。

餐桌上只要有人哄堂大笑，我就會想起陸家吃晚飯的情景。今天晚上，有兩名軍人會留在陸家。但他們一家人的心情肯定很沮喪，餐桌上的氣氛八成也很沉悶。

「話說回來，你的戶籍該怎麼辦？必須想辦法把你的名字，從閻羅王的生死簿上劃掉才行。」

彩琴父親開的玩笑，把大家逗笑了。

我不斷觀察珠英的表情。她不像其他人那麼興奮，對於哥哥出乎意料地平安回家，好像也沒有特別開心。然而，對於昔日情人的死訊，從她的表情也看不出她的傷痛。她就坐在我的斜前方，我總覺得那裡坐著一個沉甸甸的「謎團」。

歡樂的筵席上，少不了酒的作伴。算是主賓的我，被灌了不少酒，有點快喝醉了。菜也上完了，差不多該散會了，我決定到戶外呼吸一下新鮮空氣。

廚房旁邊有一扇門通往後院。外面的空氣非常清新，還帶有香味。在微微昏暗的夕陽背景襯托下，栴檀花的紅色花朵四處綻放。我彎下腰，凝視花朵看到入迷。這種花在台灣到處可見，但是在日本，我從來沒見過這種花。它讓我有回到故鄉的感覺。

這時候，忽然有人撞到我。

「啊！」這是林景維的叫聲。

「怎麼了嗎？」

我站起身詢問道。

「啊，是你啊，小楊……。」

他上氣不接下氣，而且臉色蒼白。四周微暗，更凸顯出他那張蒼白的臉。

「到底發生了什麼事？」

我又問了一次。

「沒有，什麼事也沒發生……。我去了一下外面……不可能，太荒唐了。」

林景維這麼說，隨即走進家中。

他到底在說什麼，我完全摸不著頭緒。

後來，我和彩琴一起去散步。我們必須去陸樞堂家一趟，但在去陸家之前，我打算先到附近逛一逛。

「我要對杏表示我的哀悼，」彩琴悶悶不樂地說，「可是，我實在不忍心看到伯父的臉。」

無風的夜晚，沒走多久就會汗流浹背。四周還沒有完全變暗。

一個看似十二、三歲的男孩，獨自趕著兩頭水牛，從對面走了過來。他大聲地怒罵著水牛。

「你們吃得那麼飽，我可是餓扁了啊！呿！走快一點，這兩頭畜牲！」

我們擦身而過時，少年用細樹枝抽打了其中一頭水牛的腹部。

他應該是帶水牛到某個地方吃草，現在要回家了。養牛的少年飢腸轆轆，心情糟透了。

遭到遷怒的水牛，似乎對鞭打不痛不癢。牠的皮膚黝黑又強壯，猶如鎧甲，那麼細的樹枝根本發揮不了作用。若有什麼能夠威嚇水牛，恐怕也只有少年那沒完沒了的怒罵聲。

「你們不是吃得很飽嗎？給我打起精神走路啊！」

少年用他所知有限的粗話，不停對魁梧的動物怒吼。

「真的和過去一樣。」

彩琴開始多愁善感。

「不管過了多少年，這一帶都沒什麼變化。幾百年前的過去，是不是也和現在一樣呢？」

我說。

「或許吧。」彩琴回答。

我回頭望著駕馭兩頭水牛的少年背影。沒穿鞋的小腳，穩穩地踩在大地上，感覺非常可靠。

彩琴突然滔滔不絕地說：

「爸好不容易退休了，不曉得他是不是又打算出面？看到他今天的樣子，我有這種感覺。希望他不要自討苦吃，真的一點意義也沒有。那麼做到底為了什麼？簡單說就是虛榮心作祟吧……只因為哥哥活著回來，也用不著那樣……。」

眼看我們就要走到鄉村小路和公車道的交叉路口。轉角有一個小水窪。那灘黑水忽然搖搖晃晃地隆起，我大吃一驚。

仔細一瞧，原來是坐在水窪戲水的水牛，突然站了起來。我認為這正是與風土民情緊密結合的風景，讓我想起了廢廟裡的佛像。

「我們先去那座廟看看好不好？」

我開口邀了彩琴。

「也好，畢竟你那麼喜歡那裡。」妻子回答。

我們可能會很晚回家，我特地準備了手電筒。目前的天色還沒有暗到需要照明，但走到迎雲寺裡，它可能就會派上用場。

我們走到迎雲寺附近。白天，它是一座令人心生畏懼的廟。到了晚上，看起來更像瀰漫著妖氣。

彩琴揪住我的手臂。

「感覺好詭異喔。」

她小聲說。

好不容易有風吹起，四周樹梢的葉子被吹得沙沙作響。半壞的門也輕輕搖晃，發出摩擦的軋吱聲。

妻子把我的手臂抓得更用力了。

「妳應該不相信世上有鬼吧？」我問她。

「當然不信。」

「那就沒什麼好怕的。」

「可是，用手電筒照佛像這種嗜好實在不可取。」

經她這麼一說，揮舞手電筒來欣賞佛像，確實很不尋常。可是那個水牛從黑水窪站起來的景象，帶給了我相當大的刺激。

「既然都來了，就進去看看吧。妳怕的話，可以在這裡等我，五分鐘就好。」

「不要，」彩琴搖搖頭，「我要跟你一起去。」

我們用手電筒照亮腳邊，走進廢廟。

妻子的手指掐著我的手臂，我不由得想捉弄她一番，把手電筒的開關動了一下。——燈光消失，頓時陷入一片黑暗。

「好可怕！」

彩琴將身體緊貼住我。

「沒什麼好怕的啦！」

不管是誰，一旦扮演起保護者的角色，看起來都會比平常還要勇敢。我拉著妻子，在黑暗中走了兩、三步。

「你好壞……。」

彩琴用呻吟的口吻說道。

正當我想打開手電筒時。

「啊！」她低喊，同時緊緊摟住我。

「怎麼了？」我問。

彩琴並沒有回答。

我豎起耳朵。黑暗中讓她受到驚嚇的，應該不是看得見的東西，肯定是聲音……。

但等了好一會兒，都沒有聽見任何聲音。

四周雖然很暗，不過一旦眼睛習慣了暗處，也能隱約看見一些東西。我看見了那群並排立在灰色牆壁邊的佛像輪廓。中央的佛像，眼睛似乎鑲著玻璃珠，散發出些微的光芒。

我用手指按下手電筒的開關。光線劃破黑暗，直達佛像的腳邊。

光線的前方，好像有東西跳了起來。我屏住呼吸。那不是錯覺，我的確聽到了摩擦地板的聲音。想必彩琴聽到的也是同樣的聲音。

「是貓吧？」

我摟住妻子的肩膀說。可是，我並不認為那是貓。因為手電筒光線前方那個跳起來的影子，感覺比貓還要巨大。

「是情侶嗎？」

彩琴的聲音意外冷靜。按照過去的經驗，我判斷她是一位沉著的女性。佯裝害怕應該是一種撒嬌的行為。

「假如是幽會，好歹也選個更貼心的地方。」我說。

「外面有好幾棵大相思樹，那裡是幽會的最佳地點。」

彩琴這麼說，露出了別有含意的笑容。看來她並沒有那麼害怕。

我想應該不會有這麼異想天開的情侶，選擇滿是灰塵和雞屎的迎雲寺當作幽會地點。

寺內可以讓人躲藏的地點，除了柱子就是佛像後面。我用手電筒朝佛像照了一圈。問題是，從正面照過去，根本看不見最關鍵的後方。

這座寺廟沒有值錢的物品可偷，不可能是小偷闖進來。有可能是偶然闖入的流浪漢，或者是企圖躲避警察搜索的罪犯。若真是如此，還是趁早離開為妙。

出乎意料的是，彩琴竟然這麼說：

「我們檢查一下佛像後面吧！」

這才是她的本性。

我們還住在東京時，因為做生意地盤的問題，曾經被黑道找碴。當時彩琴不慌不忙，能言善道地讓對方打了退堂鼓。我提心吊膽，不知道會有什麼後果，她卻面不改色。

事到如今，妻子都這麼說了，我也不能退縮，便朝佛像走過去。

就在這時候，有人從離大門最近的一尊佛像後面跑了出來。對方彎著腰，懷裡還抱著東西。我當然立刻把手電筒朝向他，企圖把可疑人物照個清楚。

但對方卻用飛快的速度，轉眼間就從大門衝到外面去了。

事情發生在短短的一瞬間。無論是可疑人物的長相、服裝還是打扮，我都沒有看清楚。

等我回過神時，妻子已經發出慘叫，把臉埋在我的胸膛。當時她到底喊了什麼，我沒有聽到。

有可疑人物從荒涼的廢廟佛像後面衝出來，隨即銷聲匿跡。——對年輕女性來說，確實非常令人震驚。

彩琴顯得相當疲憊。

「我們出去吧！」

我摟著嚇到失神的彩琴來到外面。

我甚至來不及弄清楚，剛才的可疑人物到底往哪個方向逃走。外面天色已暗，反正那個人很快就會找草叢或是樹蔭躲起來。

「對不起，我不應該帶妳去那種地方。」

我捏起彩琴的下巴輕輕搖晃，她睜大了雙眼。

「嚇死我了……。」

她用沙啞的聲音說。

「有那麼可怕嗎？嚇成這樣真不像妳，需要白蘭地嗎？」

「不用，我沒事了。」

「不過，那個人到底是誰？竟然躲在荒廢的廟裡。」

彩琴深呼吸後說：

「今天發生了一連串令人驚訝的事，比方說哥哥活著回來……。」

我安撫著依然激動的妻子，朝陸家走去。

陸家的客廳裡擺著餐桌，來訪的兩名軍人正在和主人喝酒。看了桌上的盤子，盤底幾乎朝天，想必他們早就開動了。因為聊得太愉快，多喝了幾杯酒，才會留到這麼晚。

話說回來，方才得知兒子死訊的陸樞堂，沒有流露出一絲悲傷，仍舊熱心地招待客人。

我走進陸家時，他正對著葉中校說話，臉上甚至掛著微笑。

「啊，楊先生，請進請進。葉中校正在等你呢。來，彩琴也過來坐吧！」

「可是我想去找杏……。」

彩琴說。

葉中校跟我握了手。

「戰爭末期到終戰後，日本社會到底是什麼狀況，希望你能幫我講解一下。」他說。

我順勢坐下，彩琴打算去杏的房間。

「伯父，那我失陪了。」

她打了聲招呼。

但就在這時候，杏卻走進了客廳。

「啊，歡迎你們來。」她說。

「杏，我說妳啊，」彩琴有點遲疑，「宙哥的事，妳聽說了嗎？」

「嗯，聽說了呀。」杏答道，聲調意外的開朗。

「我感到非常遺憾。」彩琴說。

「這也沒辦法呀，」杏壓低音量說，隨即又打起精神，「到我房間來吧！」

「好啊，我正想去找妳呢。」

「可是彩琴，」杏目不轉睛地盯著彩琴的臉，「妳的臉色好難看喔，怎麼了嗎？」

我從旁解釋道：

「剛才在迎雲寺裡面，有可疑男子突然跑出來，彩琴被他嚇到了。」

「迎雲寺？你說迎雲寺裡面嗎？」

杏傻眼地看著我的臉。這麼晚了還跑去迎雲寺，我承認這麼做的確很瘋狂。

「我很喜歡那裡，」我連忙辯解，「白天我們也去過了，來這裡之前，我想再繞去看看。

不過，晚上的迎雲寺真的令人不寒而慄。光是待在那裡就毛骨悚然了，更何況還有可疑人物從佛像後面跑出來……。」

「是什麼樣的人？」

「不知道，我沒有看清楚。」

「彩琴，妳看到了嗎？」

彩琴沒有立刻回答。她先是別開眼神，然後慢慢地說：「太暗了，我沒有看見對方的長相。」

彩琴和杏一起離開客廳後，陸樞堂和葉中校便邀我喝酒。胖嘟嘟的崔上校則是闔上眼，雙手在肚子上合十，一副天下太平的模樣。

我在那裡待了約一小時。葉中校問了我有關日本的事，我則聽他敘述了抗戰時期的重慶。重慶遭到空襲時，他們生活在壕溝裡，這些充滿血淚的艱苦經歷，我聽得非常感動。相較於我，葉中校才是經過千錘百鍊的堂堂男子漢。他淡淡地敘述著戰時發生的事，那簡直不像軍人的白皙臉龐，自始至終都掛著和藹的微笑。

話說到一半，崔上校突然打了個大呵欠。沒有人責怪他，他卻用福建話大聲說：

「沒有，我沒有睡著喔！睏是很睏，可是我在這裡沒辦法睡覺。」

他滑稽的表情非常有趣。

「軍醫說崔上校最近有失眠的症狀。」葉中校說。

「別看我這樣，我可是個神經質的人。」他拍了便便大腹，露出賊笑，「就算是一點點聲音，我也會介意到睡不著。世人看到我的體格，都認為我會睡得像豬一樣。為什麼？為什麼會這麼想呢？我的神經可是非常細膩呢！就算我這麼說，大家還是不相信我……葉中校，你也認為我在騙人對吧？」

「沒有，」葉中校也笑著回答，「我沒有懷疑你……。不過，我不是相信你，而是相信軍醫的說法。」

「你真敢說，」崔上校笑得開懷，「可是啊，說真的，我很難入睡。不過一旦睡著了，我就會睡得很沉。昨天我九點就睡了，今天早上五點就醒了。」

「早起很好啊。」葉中校說。

「早晨的空氣真的很舒服，」崔上校說，「我喜歡散步，無論早上或夜晚，只要有空我就會散步。台灣綠意盎然，真的很棒。對了，楊老弟，台灣是你的故鄉，這裡的風景有多美，你真的明白嗎？」

「我認為我很了解。」我答道。

緊接著就是關於風景的爭論。黃湯一下肚，崔上校也變得意外嘮叨。福建話口音很重，不太容易明白，同時也有一股親切感。他似乎很喜歡我，甚至跟我約好明天早上要一起去爬菩薩山兼散步。

「那就說好了，五點半左右，我會到林家接你。」崔上校說。

葉中校今天晚上必須寫報告，婉拒了明天早上爬山的邀約。他不討厭散步，但他不喜歡耗費太多時間。聽他的口氣，彷彿在說有空散步不如拿去工作比較好。這位勤勞的軍人，多是騎腳踏車散步，愈快結束愈好。

這時候，彩琴回來了。

「太晚回家不好，我們回去吧。」

她對我這麼說。

崔上校說要去外面呼吸新鮮空氣來醒酒，順便送我們到林家前面。他似乎對我懷有特殊的好感，在家門前道別時，他強而有力地握了我的手。

「那麼，明天早上見。」

回到林家，大家依舊圍著從墳場死而復生的林景維談笑風生。

「接下來的時代，當公務員不再是主流，今後是實業家的世界。只要人面夠廣，就會有數不清的賺錢手段。」

林景維正在跟父親聊這些話。看來他也喝得很醉。

「做生意需要資金。」岳父說道。

「你不用擔心資金問題。」

林景維充滿自信地回答。

「你要跟別人借錢嗎？」

「不是，我會自己籌措資金。你等著看吧！」

林景維洋洋得意地說。

「噢，你有錢嗎？」

岳父問。

「現在沒有。可是啊，再過不久，我就會有一筆為數不小的錢進來。」

一旁的珠英，用輕蔑的眼神看著說大話的哥哥。而那樣的珠英，對我來說仍是個解不開的謎。

槍聲

隔天早上，我很早就醒了。崔上校會在五點半來接我。

還不到五點半時，我來到屋子後方。時間還早，戶外非常涼爽。

我走到屋子後面的水井邊，遇見了林景維。他穿著那套白色中山裝，戴著白色巴拿馬帽。

天色還早，他已經穿戴整齊，一副打算外出的模樣。

「你要外出嗎？」

我向這位大舅子搭話。

「我到附近逛逛……。」

語畢，他便彎過建築物轉角。我望著他的背影好一會兒，忽然有人拍了我的肩膀。一回頭，原來是崔上校。他穿著整齊的軍裝。

「你睡醒了嗎？」

崔上校用調皮的表情問道。

「是啊，我已經盥洗完畢，清醒得很。」

我們結伴前往菩薩山。

菩薩山的山前和山後，都有登山步道。

林景維就走在距離我們有點遠的前方。

「那個人也要爬山嗎？」

崔上校說道。林景維也要前往菩薩山。他已抵達前山的登山口，看來他也想嘗試清早登山。

「既然他要從正面爬，那我們就從背面爬吧！」

崔上校提議。

於是，我們決定繞到山後。雖然分成山前和山後，但山路的寬度其實差不多。

中學遠足時，我時常爬這座山，對這座山熟得很。從背面爬，沒辦法直接爬上山頂。快到山頂時，會遇上一條銜接前後兩條山路且非常平坦的「聯絡道路」，後山的路走到這裡就算盡頭。只要沿著聯絡道路繞到前山的路，就能爬上山頂。山頂沒有什麼大不了的東西，只有一間廢棄已久的茶業講習所小屋。美的是從山頂眺望的景色。

聯絡道路就位於從山麓往上爬約二十分鐘左右的地方。

日本統治台灣後，菩薩山有段時間變成茶業講習所的實驗茶園。但後來發現這裡的地形不適合種茶，不久後就廢除了。附近有個名叫平頂的地方更適合發展茶業，茶業重心便轉移到那裡。

現在的菩薩山幾乎沒有茶樹。除了四處可見的油杉、紅檜、榕樹等巨樹，整座山都被灌木類植物所覆蓋。

「我就是在這種地方挖防空洞。」

崔上校指著山腰說。

他說著在重慶遇到空襲的事。還提到有士兵就在他眼前被炸死，自己卻奇蹟似地撿回一命。——最近到處都能耳聞這種故事，看來這世上的奇蹟出乎意料的多。我曾經認為這種話都是胡謅的，唯獨崔上校的奇蹟莫名地有說服力。我毫不懷疑就相信了他的話。

或許是因為重慶這個地名有一種特殊的影響力，撼動了我的心。重慶是保衛民族存亡的最後要塞，可能是因為我有一種幼稚的錯覺，認為待過那裡的人都是民族英雄吧。

這座宛如菩薩坐姿的山，從山麓到菩薩肩膀的傾斜度不大。但從肩膀到臉部的地方突然變得很陡，來到頭部又再度轉為平緩。聯絡道路正好位於臉和頭的交界處。

早晨的陽光和煦，但爬到菩薩臉部的陡坡時，還是稍微冒汗了。眼看聯絡道路就在前方二十公尺左右時，崔上校忽然停下腳步。

「在這裡抽根菸吧！」他說。

一棵紅檜巧妙地生長在坡道上，崔上校一屁股坐在裸露的紅檜樹根上開始擦汗。大概是因為我年紀輕，我並不覺得累。但崔上校不但年紀大而且還很胖，登山對他來說有點負荷不了。我也在他對面的坡道上坐了下來。

「聽說東京的空襲也很嚴重。」崔上校一邊用手帕擦額頭一邊說。

「是啊，真的很慘。」

「戰爭真的很殘忍，」崔上校說，「和平、和平——和平比任何事物都重要。即使在戰況最激烈的時候，我也常常這麼想——戰爭到我們這一代就好，我不怕辛苦，相對的，我再也不想讓後代子孫經歷這種痛。」

我仰望天空，顏色和以往看慣的日本天空有些許不同。由於這裡接近熱帶，同樣是鈷藍色，總覺得色調有點偏白。

崔上校的人文主義感動了我。戰後，這種話我聽過無數次，卻從未像現在這樣百感交集。

如同剛才的「奇蹟」，關鍵應該是說話者的人品。更重要的可能在於聆聽方式，假如我有小孩，想必他的話會讓我有更沉重的感受。

「您有小孩嗎？」我問。

「有三個。最小的孩子，今年上中學了。」

「打仗的時候，您的家人一直都在重慶？」

「沒有，只有我一個人在那。老婆和孩子留在上海。」

「八年抗戰」。長達八年和家人分隔兩地，有什麼比這更悲慘？這個嘗盡戰爭悲痛與心酸的男人，吐露了他的真情。無論多短的一句話，當然都能打動人心。

「八年真是一段漫長的歲月。」

我說。

「在珍珠港事件發生前，我們都有想辦法通信，畢竟有租界嘛。後來，太平洋戰爭爆發，日本接收了各國的租界，我們就斷了音訊，已經快四年了……。」

「您一定很擔心吧？」

「那當然……」崔上校邊笑邊說，「雖然我已經做好萬全的心理準備，畢竟我也是人，難免會擔心。」

「那是一定的。」我附和道。

雖然我有答腔，但我的回答真的很愚蠢。話一出口，我就恨死自己了。

「不過，戰爭結束了。」

崔上校說。

戰爭已經畫下了句點。目前我身處綠意盎然的山中。早晨的空氣非常清新，豎起耳朵彷彿能聽見草木的呼吸。在東京住久了，連青草散發的熱氣都讓我感到稀奇。我用力深吸了一口氣。或許是潛意識促使我藉由這個動作，實際體會戰爭真的結束了。附近的草叢裡，還可看到蝴蝶蘭可愛的花朵點綴其中。

「是啊，已經結束了。」

我又回了不恰當的話。

「真希望和平可以永遠持續下去。」

崔上校說道，晃動了上半身。掛在皮帶上的手槍槍套，隨著他的腿部擺動。那是一個和「和平」這個字眼完全不相襯的東西。

「所謂的和平，無論付出再高的代價……。」

話說到一半，我就閉嘴了。這些如同從報紙社論上摘錄的句子，讓我感到非常羞愧。

我聽見了輕微的轟隆聲。現在就算聽見這種聲音，也不再需要驚慌。令人恐懼的空襲警報不會響起，可以悠閒地仰望天空，欣賞飛機銀翼的優美。

我抬頭看著淡鈷藍色的天空。

轟隆聲愈來愈靠近，是單機飛行。我馬上就認出那是B29。過去在東京的天空化身為撒旦的B29，在戰爭結束後，成為運輸機飛翔在台灣上空。

「一聽到這麼大的聲音就會想起……當時在重慶的空襲。」崔上校說。

我們的想法果然一樣。我們之間有共通的感慨，就是我們都從戰亂時期活下來了。看來有類似經驗的人，會對彼此有強烈的共鳴和親切感。

B29來到菩薩山的正上方。

就在這時候，響起了一個短促尖銳的聲音。我立刻聽出那是槍聲，並且認為槍聲和B29有關聯。然而戰爭早已結束，不應該會從空中射擊。而且，槍聲只有一次。

崔上校迅速地站起來，將身體倚在紅檜的樹幹上。

「是手槍的聲音。」他說。

「應該不是飛機發出的聲音吧？」

我問道。

「不是，」崖上校斬釘截鐵地說，「槍聲來自左邊，而且就在不遠的地方。」

崖上校拔腿跑了出去，我也跟在他後面。我們休息的紅檜，距離聯絡道路只有二十公尺左右。

後山登山步道的盡頭就是聯絡道路。接下來就是平坦的道路，右邊則銜接著前山的登山步道。左邊也有步道，但只有前面十公尺左右稱得上是路，再往前就埋沒在低矮的灌木叢裡。崖上校靠著職業直覺，判斷出槍聲的方向，毫不猶豫地往左轉。

菩薩山的這條聯絡道路，像頭巾似地環繞在山頂附近。後山步道的左側很少人走，路面自然也很荒涼，都被灌木叢占據了。

不知何時，崖上校手中早已握著手槍。我見狀也跟著緊張了起來。

我們穿過灌木林。離開灌木林後雖然還有路，但因為人跡罕至，路況非常糟。路面寬敞卻塌了一半，道路看起來像是分成兩層。

「放低點！放低點！」

因為我移動時沒有保持低姿勢，崔上校連忙警告我。定睛一看，崔上校不愧是軍人，他彎著身子，一面注意四周的動靜一面前進。我也仿效他的姿勢。

我們找到比較高的草叢，暫時先趴在那裡。

「那是什麼？」崔上校伸出手臂指著前方。

道路前方三十公尺，正好有個轉彎處。轉彎處的路也塌陷了一半。較低的路面上，有個白色的東西躺在那裡。

「啊！」我不由得大叫。

「有個人趴在那裡。」崔上校說。

那是人，錯不了。仔細一看，那個人穿著白色衣服，戴著白色帽子。

「好像是。」我嚥下口水說。

「就是剛才走在我們前面，從前山步道登山的男人。」崔上校小聲說。

「他是我的大舅子。」

說這句話時，我的喉嚨非常乾渴，無法順利發出聲音。

「他流血了……。一定是被剛才的槍聲打中。」

崔上校壓低聲音說。

我驚慌失措。才剛死而復生的大舅子竟然遭到槍擊，就躺在我面前。

我將崔上校的警告拋諸腦後，站起身，搖搖晃晃地往前走。

「危險！」崔上校大叫，「別忘了開槍的人還在附近啊！」

我再次躲回草叢。

「怎麼辦？」

我用嘶啞的聲音問道。

「我們得先檢查他還有沒有呼吸，可是貿然靠近也可能害自己中槍。加害者應該還沒有逃得很遠……。總之，我們必須去找救兵。」

崔上校一面說，同時也用犀利的眼神環視著四周。

聯絡道路上方的山頭，隆起的坡度相當平緩，這是相當於菩薩寶冠的部分。山路旁的高大榕樹，以一定的間隔生長。榕樹的樹幹則是由根部長出來且同樣粗的好幾棵樹幹結合而成。前方稍遠的山邊，有塊像是山崩過的凹陷處。那塊窪地非常大，推測應該是巨大的榕樹枯萎後遭到砍除的痕跡。假如殺人兇手想找藏身之處，那裡再適合不過了，而且從這裡也看不見凹洞裡有什麼。

「兇手會不會躲在那個凹陷的地方？」我說。

就在這時候。

「啊！」崔上校低喊，並將手槍重新握好。他散發出不尋常的緊張感，讓我忍不住開口問道：

「怎麼了嗎？」

「兇手好像躲在那邊。」

崔上校用下巴指了指附近一棵大榕樹的樹下。

榕樹下長著茂密的竹子。

「你看到了？」我問。

「你看，竹葉動了……。」

我聚精會神地注視榕樹下的竹子。經他這麼一說，竹葉好像真的動了。

「我隱約有看見東西，」崔上校小聲說，「看起來像是軍裝的顏色……。總之，我們要提高警覺盯著那個地方。」

「可是……」我回頭看了看倒在塌陷的山路上，一動也不動的林景維，「假如他還有一口氣，我們應該盡快救他……。」

「你說的沒錯，」崔上校依舊緊盯著榕樹下，「可是，那裡沒有任何遮蔽物，搞不好一靠近就會挨子彈。現在我們大概知道兇手在哪裡，可以小心謹慎地接近他……。我們過去看看吧？」

「好啊，就過去看看吧。」我回答。

「他就算還有一口氣，我們也無能為力。」崔上校沉思了一會兒，「要救他，無論如何都需要醫生。我有槍，這裡就交給我吧，我會想辦法。麻煩你下山找醫生和聯絡葉中校，並且盡速在前山和後山的登山口布署人員……。」

「布署人員……。」

我聽說菩薩庄只有一名警員。中國軍隊位在遙遠的林尾飛行場，恐怕沒辦法立刻趕到。要求盡速包圍這座山，實在是強人所難。

「去找緒方大佐，要他支援救兵。」崔上校壓低聲音說。

這的確是個好主意。等待遣返的日本軍人，目前無事可做，多的是用不完的精力。

「動作快！」崔上校催促我，「輕一點，不要發出聲音，要是對方發現我們，我們就危險了！」

我盡可能不發出任何聲響，小心翼翼後退到灌木林。來到上山的步道後，我立刻頭也不回地衝下山。

上山時，從山麓走上來花了超過二十分鐘，下山時卻加倍的快。我滑下坡道，甚至跌倒了好幾次，終於跑下山。

來到平地後，速度無法像衝下坡時那麼飛快，令人心急如焚。一路奔跑到葉中校所在的陸家實在太辛苦又耗費體力，於是我衝進最近的農家。

「我有急事！我要去陸家，請借我腳踏車！」

我朝屋裡大喊。腳踏車就停在這棟房子的前院。

「你是陸家的人？」屋裡傳來女人的說話聲，「我中午要用腳踏車，中午以前要還回來喔。」

在鄉下，整個村子都像自家人。借腳踏車是司空見慣的事，對方並未起疑。

我騎著腳踏車趕回陸家。

不過，眼看就要抵達陸家時，我就在路上遇見了葉中校。他也在狹窄的田埂上騎著腳踏車朝陸家前進，是他先發現我並且向我搭話。

「楊先生，你和崔上校已經散步完畢了嗎？會不會太快了呀？」

我跳下腳踏車，等不及他靠近就拉開嗓門大喊：

「崔上校還在山上，林景維被槍打中了，他是我的大舅子……兇手好像還躲在山裡，崔上校要我儘快布署人員。」

雖然我呼吸急促，聲音也斷斷續續的，仍舊將崔上校囑咐我的重點轉達給葉中校。

「我明白了，」葉中校用斬釘截鐵的軍人口吻說道，什麼也沒有多問，「我現在就去找緒方大佐，你趕快去找醫生還有報警。」

葉中校把腳踏車掉頭，朝兵舍騎了過去。我也跨上腳踏車。

人驚慌失措的時候就是會出亂子。我踩踏板踩了好久，才驚覺我根本不知道菩薩庄的派出所在哪裡。我猜應該在公所附近，或者就在公所裡面——無論如何，按照路線都必須經過陸家前面，因此我決定還是先到陸家一趟。

等我騎到陸家附近時，早已上氣不接下氣。

陸樞堂赤裸著上半身，在陸家前院揮舞著某樣東西。好像是彩琴提過的那條鎖鏈。它發出咻咻的巨響，看起來十分危險，我不敢輕易靠近。脫下衣服的陸樞堂的確很壯碩，肌肉的彈性和活力也令人佩服。然而他一旦穿上衣服，就會變身為和藹的紳士。

「陸先生！」

我想大喊，無奈我氣喘吁吁，聲音也變得沙啞。喊了三次，陸樞堂總算回頭了。他將繫著鎖鏈的繩子甩了兩、三次後才放下來，鎖鏈前端還掛著方形的砝碼。

「找我有什麼事嗎？」他問道。明明做了劇烈運動，他卻臉不紅氣不喘。

「林景維在菩薩山上遭人槍擊，倒在地上不動了。趕快找醫生和警察……。」

我一面喘氣一面向他報告。

出乎意料的是，陸樞堂相當吃驚。他瘦削但氣色紅潤的臉，變得愈來愈蒼白。他聽聞兒子死訊時，明明泰然自若，令人欽佩。——不過，這時候的我實在口渴得難受，根本沒有心思對這些事感到疑惑。

「讓我喝口水！」

我拋下腳踏車，衝進陸家的廚房。

杏正好在廚房裡。

「你怎麼了？滿身大汗的……。」

她對著我問。

我拿起櫃子上的茶杯，從水槽舀起水，然後倒進嘴裡。可以感覺到水通過喉嚨，滑落到肚子後滲透開來。這才想起我還沒有吃早飯。

歇了一口氣後，我開口了。

「林景維他……。」

才剛開口，我又閉上了嘴。喝了水之後，突然覺得筋疲力盡。還有，這件事我到底得重覆幾次才行？

此時陸樞堂走進屋內。他的臉色比剛才紅潤多了，但卻愁眉不展。

「杏，」他用沉重的口氣對女兒說，「聽說景維在菩薩山遭人槍擊了。」

這次換成陸杏的臉上失去了血色。

她似乎想說些什麼，雙唇不停顫抖，但卻吐不出半個字。最後連她的身體都開始微微發抖。她故作堅強，拚命想抑制自己別再發抖的模樣，著實令人同情。

「杏，我們去山上看看吧！」陸樞堂接著對我說：「我會差遣家裡的人去找醫生和警察，我們想去山上看看。不過，還是得通知林家才行。這個重要的任務，我想非你莫屬了。」

我是林家的女婿，同時也是目擊者。當然應該由我通知林家。

「那就這麼辦吧。但是，你們上山千萬要小心，兇手或許還躲在山裡。」

我離開了廚房，扶起倒在院子裡的腳踏車。

我跨上腳踏車，騎出陸家的院子後，這才察覺陸家父女驚訝的程度超乎尋常。沉著鎮靜的陸樞堂，臉色竟然變得那麼慘白，到底是為了什麼？

愈接近林家，我的心情也愈鬱悶。

可想而知，我帶回來的噩耗，讓林家一家人相當錯愕。剛從死神手裡逃脫的兒子，又被送回死神手中。尤其是彩琴的姊姊珠英，一聽到消息就當場昏倒了。

我感覺到一種「合理的異狀」。

喝酒甦醒後的珠英、彩琴、還有岳父，所有人都騎著腳踏車趕往菩薩山。我連吃早飯的時間也沒有，連忙跟上他們的腳步。

我們的車隊在路上遇到了巡查。姓劉的巡查也是聽到陸家派人通報說山上出了大事，才慌張地騎上腳踏車，正打算趕往菩薩山。

時值戰後的混亂時期，但菩薩庄從未發生過什麼大事件。駐守在此的巡查總是悠閒地下將棋。這一星期以來發生的案件，除了川崎少佐的案子，也只有腳踏車竊案。昨天晚上，雜貨鋪老闆報案說腳踏車遭竊。

「反正過了兩、三天，腳踏車就會自己跑出來了。」

劉巡查竟然隨口說出這種毫無根據的話。

「發生了好嚴重的事件啊！」

劉巡查鼻頭冒著汗說道，顯得一籌莫展。這次的事件和腳踏車竊案有些不同。

「這個村子的警察只有你一位嗎？」我問。

「是啊，」他用手背抹去額頭的汗水說，「巡查只有一位，沒有醫生。我已經打了電話，拜託五龍鄉李鄉長的兒子跑一趟，要不了多久就會趕到吧。樞堂先生和杏小姐已經先到山上去了。」

搜山

我們抵達時，先到一步的陸樞堂，正彎腰看著倒下的林景維。見我們一行人趕到，他悲傷地搖搖頭。

「心臟下方中了一槍。還有左邊耳朵的上方，有被東西毆打的痕跡。我想他應該是當場死亡。」

他這麼說。

崔上校站在一旁，手上拿著林景維的巴拿馬帽。

暴露在外的屍體頭顱，太陽穴上有一道裂傷。血從那道傷口噴出，滲透到沙子裡。

「疑似兇手的人呢？」

我問崔上校。

「他好像順利脫逃了，」崔上校慚愧地說，「他確實躲在竹林裡，後來我馬上舉起手槍進行搜索，可是他已經不見蹤影。不知道他逃到哪裡去了？」

隔壁村子五龍鄉的李家兒子，晚我們十分鐘抵達。他是任職於台北紅十字醫院的醫師，正巧休假在家，於是委託他支援。然而身為醫師的他，能做的只剩下判定死亡而已。

「還是要經過詳細檢查才能判定，但我想他應該是當場死亡……。不過子彈好像偏了一點，沒有正中心臟。」

不久，鄉公所的書記也氣喘吁吁地前來通知我們，鄉公所召集了二十幾個村裡的年輕小夥子，布署在兩邊的登山步道出口。此外還有緒方大佐麾下日軍所組成的一支小隊，也將整座山包圍了。

「沒有人從前山的步道下山，」書記報告道，「因為廖家的水牛老師，正巧一直坐在前山步道的出口。他讓水牛在那裡吃草，有人從那裡下山，他不可能沒看到……。如果兇手逃走了，應該是從後山吧？」

我是從後山的步道衝下山的。就算有人跟在我後面跑下山，我也不知道。問題是，兇手若從後山步道逃走，崖上校死守在那裡，他絕對不可能逃得出來。畢竟從聯絡道路可以將菩薩臉部的陡坡看得一清二楚。

菩薩山由於形狀像菩薩的坐姿，因而得名。若將整座山的高度平均分為十等份，聯絡道路就位於從山下往上數八等份的地方。更往上的隆起，就相當於菩薩寶冠的部分。從六合目[1]起到聯絡道路是陡峭的山崖，這部分是「菩薩的臉」。從六合目往下，也就是菩薩肩膀到山麓的斜度非常平緩。

臉的前後各有一道隆起的地方，而這裡就是登山步道。

照這個地形看來，兇手有極大的可能性還躲在山中。而且，他肯定躲在從聯絡道路通往山頂，那個隆起且長滿樹木的寶冠區域。

雖然已經提前告知岳父，但他看到林景維的屍體，還是難掩震驚。他可說是經歷了兩次兒子的死訊。更何況兒子算是死而復生過一次，第二次的打擊想必更加令人心碎。岳母堅持要跟到山上，大家連忙阻止她。如果她在場，肯定會失去理智。

彩琴倒是非常堅強，努力面對這個事實。她緊咬雙唇，俯視著哥哥死去的臉龐。

珠英的臉色不太好，昏厥醒來後似乎尚未完全恢復神智。她在哥哥的屍體旁蹲下，替他

【譯註】

1 「合目」為日本計算山高的單位。有的算法是將整座山的高度平均分為十等份，也有將登山步道的距離分成十等份的算法。愈往上爬數字愈大。

的臉蓋上手帕。從她的動作看得出來，她盡可能不帶任何感情去做這件事，好讓自己忘卻悲傷。

看似剛強的珠英竟然昏倒，這讓我十分意外。但畢竟他們是兄妹，她會這樣也合情合理。反倒是陸家父女那麼訝異，實在很奇怪。

杏似乎還在恍惚，看起來像是在畏懼著什麼。偶爾她會晃動一下肩膀，或許是為了掩飾自己正在發抖。

陸樞堂將遮陽的竹皮斗笠戴得很深。那是農夫們下田時所戴的斗笠，他的臉被遮住一半，看不清楚他的表情。

「總之，我們從聯絡道路往上搜索吧！」葉中校說，「看這情況，兇手好像還沒有下山。大家把聯絡道路包圍起來，一邊找一邊縮小範圍，把他逼到山頂去。」

崔上校站在靠山那一側的窪地裡。

「兇手實在太殘忍了！」

他不屑地放話道，話語中充滿對身分不明的殺人兇手的憤慨。他就像被關在鐵籠中的熊，在窪地裡開始來回踱步，不知道在想什麼。

死去的林景維被放上擔架。死狀不算淒慘，全白的中山裝也只有胸口染上血跡，再戴上帽子就能遮掩太陽穴的傷口。

總之，眾人決定先將屍體搬下山。陸樞堂吩咐抬擔架的公所書記，要下面待命的人上山到聯絡道路這裡。

彩琴和她姊姊，隨同哥哥的遺體一起下山，杏也尾隨在後。不過，在他們下山時，杏用帶有詭異神情的目光望向父親，這讓我相當介意。

我們就地坐在屍體抬走後的案發現場，等待搜山的人員前來。人數這麼多，相信兇手也不敢輕舉妄動。

「我剛剛才聽說，」葉中校開口了，「林景維是一個神祕的男人，據說他曾經被誤以為早就死了。」

他這番話，肯定在暗示這個案件的殺人動機錯綜複雜。我也贊同他的意見。

林景維為何被殺？不深入了解他的過去，就無法推測原因。我們對於他近十年來的遭遇幾乎一無所知，連他的父母都不了解。長久以來，林景維被當成已故的人。昨天他才突然回到故鄉，也沒有多談什麼。這十年來發生的種種，短短一個晚上恐怕說不清楚。

感情糾葛、怨恨、利害關係……其實殺人的動機很有限，問題在於不知道哪一個才是正確答案。除了調查他的過去，也沒有其他更好的方法。

最快的方法就是先逮住兇手，讓他從實招來。兇手似乎已經被包圍了。

不久，村裡的壯丁和日軍都來了。陽光愈來愈烈，日軍戴著偵察帽，壯丁們則戴著斗笠。指揮日軍的是一名准尉[2]。緒方大佐沒有現身，不知道他是有所顧慮，還是認為部隊長親自指揮一個小隊，反而有失體面。

從剛才到現在，有個想法一直縈繞在我的腦海中。前天晚上川崎少佐被殺，今天早上林景維遇害，總覺得這兩件事有關係。如此祥和的地方，若是接連發生的這兩起事件毫無關聯，實在令人難以想像。

壯丁和士兵們按照計畫，團團圍住聯絡道路，開始一同往山頂前進。壯丁們手中拿著柴刀和扁擔。鄉公所召集他們時，命令他們務必攜帶武器。日軍手無寸鐵，但直到半年前，他們還在接受軍事訓練。或許認為只是抓一名兇手，根本用不著帶棍子。

搜山和獵兔相似。所有人一邊大聲喧嘩一邊往前走，還有人用扁擔撥開竹子或是敲打樹木。這也是個把兇手逼得走投無路的好方法。人數這麼多，每個人負責的搜索範圍只有左右幾公尺。愈接近山頂，搜索範圍也會愈來愈縮小。台灣話和日語的喊叫聲在菩薩山山頂附近此起彼落。陽光變強了，人們一下子就汗水淋漓。有半數以上的壯丁都脫下上衣，赤裸著上半身。全是一群幹農活曬成古銅色，體格壯碩的年輕小夥子。

「有沒有找過茶業講習所的小屋？」

陸樞堂說道。山頂附近有廢棄的實驗茶園小屋，雖說是小屋，也有兩個房間。兇手很有可能躲在那裡。

「小屋裡有沒有類似家具的東西？」我問。

「裡面什麼也沒有，」陸樞堂回答，「那間小屋已經被棄置很久了，不過到了秋天，偶爾會有人在那裡休息。」

「為什麼是秋天？」

【譯註】

2 介於軍官和士官之間的軍階。

「十一月一到，菩薩山會長出某種藥草。女人和小孩常常來採那種藥草。」

「其他季節呢？」

「其他時候難得會有人到山上來，畢竟這座山什麼也沒有。」

看到關鍵的小屋後，陸樞堂率先衝了過去。兩個房間都有門，其中一扇門的一個鉸鏈鬆脫，門也歪了。陸樞堂瞄了一下屋內，迅速走了進去。

假如兇手真的躲在小屋裡，這樣的舉動簡直是魯莽至極。

「小心喔！」

一名壯丁大喊。

兩名士兵從另一扇門走進屋內，隨後趕上的幾名壯丁也跟著進去。我和陸樞堂一樣，從那扇壞了一半的門走進屋內。

日本人建造的建築物，會同時考慮到散熱和採光。茶園的小屋也一樣，屋內比想像中的還要明亮。

「沒人……。」

陸樞堂用手帕擦去額頭的汗珠說道。

室內沒有任何生活用具，宛如一個有天花板和四面牆壁的洞穴，根本沒有適合兇手躲藏的地方。假如室內有人，一眼就可以看到。

「這裡沒辦法躲人。」我說。

我心想，我若是兇手，絕對不會躲在這裡。

我們立刻放棄這裡，來到外面。

包圍範圍愈縮愈小。來自四面八方的包圍陣容，終於在山頂會合，但沒有一個人在半路上遇見兇手。

「到底怎麼回事？」

崖上校感到疑惑。

「兇手說不定在那時候，跟在我後面下山了。」

我這麼說。責任不在我，我卻感到很內疚。

「假如兇手從後山步道下山，崖上校應該會看到。說不定他從前山的步道下山，到了菩薩的肩膀就混入林子裡。這麼一來，不但不會被前山出口的男子發現，也可以順利下山逃走。」

葉中校陳述了他的意見。

兇手十之八九還躲在山裡。不過他若真的想逃，也並非逃不了。對有野戰經驗的軍人來說，這應該不是什麼難事。「若有心要逃，其實輕而易舉」——日軍也有人這麼說。

唯獨菩薩的臉部，必須經由步道才能下山。穿過那裡之後，接下來就簡單了。從崔上校所在的位置，雖然看得見後山的步道，卻沒有人從上方監視前山的步道。養牛的廖男就坐在前山步道的出口，但只要下到菩薩的肩膀，就算不走步道，也能設法走到山麓。

「早知如此，我們就沒必要搜山了。」

崔上校說。

「沒這回事，」葉中校回應，「正因為搜過了，才能得知兇手是用其他方法逃走。」

「你說的也對，」崔上校點頭同意，「這和野戰很像，還是交給你這個專家處理才好。對了，接下來該怎麼辦？」

「警察和一半的年輕人留下，慎重起見再把整座山找一遍。我們和日軍就先下山吧。」

指揮的主導權似乎落到葉中校手上，崔上校也表示同意。

陸樞堂選了十名村裡的壯丁，託付給劉巡查。我們從前山的步道開始下山，日軍則排成隊伍，從後山步道下山。

相較於四周的山崖，聯絡步道下方的菩薩臉部勉強稱得上是路，但地勢相當陡峭。急著下山的壯丁們，沿著那裡快步滑下山。

「不用急！慢慢下山就好！」

留在聯絡道路的劉巡查，朝下方大吼道。然而年輕人根本把他的話當耳邊風。下山後就可以自由解散，當然愈快下山愈好。留在山裡的十人有提供午飯，但提早回家的人什麼也沒有。他們仗著自己年輕，一面大聲抱怨，一面跑下山。

有人上半身赤裸，也有人穿著上衣。我看著他們的背影，一面走下坡道。陸樞堂和我並肩而行，兩名軍人則殿後，慢步走下山。

有名青年身穿美軍的短袖襯衫，背後寫著Ｐ．Ｗ兩個大字，意為「戰俘」。那名青年八成是在菲律賓或馬來亞擔任日本軍隊雇員，戰後就被送進了收容所吧。

有些人的體格甚至還沒有完全成熟，與其說他們是青年，不如說是少年還更貼切。日曬過的黑褐色皮膚看起來很穩重，卻帶有一絲稚嫩。就像遣返船朝風丸上，圍繞著我們的少年徵召工那樣青澀。

望著年輕小夥子的背影，我也想跟著奔跑。我也還年輕，沒必要陪著陸樞堂一起慢慢走。我加快了腳步，但「菩薩臉部」是陡坡，我摔了兩、三次。村裡的壯丁似乎很習慣跋山涉水，幾乎很少跌倒。

我終於追上他們隊伍的尾巴。

一名男子就在我眼前跌坐在地。他很快就站了起來，但腳步看起來不太穩。這麼說來，他和前方的其他人之間有一小段距離。雖然他是隊伍中的最後一名壯丁，但其他人走得更前面，甚至有好幾個人已經抵達「菩薩肩膀」。

「哇！危險！」

我抓住前面那名男子的手臂，他又滑倒了。

「謝謝你。」

他向我道謝後站了起來。

這時候，我瞄了他的側臉一眼。他的皮膚並不像其他人曬得那麼黑，也不像壯丁們那麼年輕。身上穿的是美軍的卡其色軍用長袖襯衫，並把長袖捲起來，背上沒有P．W的印記。

「走路小心一點。」我說。

「我會注意……。」

他口齒不清地嘟囔了幾聲，把斗笠重新戴得很深。

走到「菩薩肩膀」為止，他腳滑了兩次，每當我想伸手拉他一把時——

「沒關係，你不用管我。」

他總是這麼說。

看來他很想跟我保持距離。他嘴上說「不用管我」，同時搖手拒絕我。他的手很白，怎麼看都不像是一雙有在幹農活的手。

從「菩薩肩膀」往下到山麓的坡度非常平緩，即使用跑的也不會跌倒。壯丁們仗著自己年輕，一路往下衝。

我一直在留意剛才那名男子。他也跟著跑起來，但速度不快。從他的跑法可以看得出來，他想盡辦法要離開大家。其他人都拿著扁擔或柴刀，唯獨他兩手空空。而且，其他人都是穿著分趾工作鞋或是赤腳，他卻穿著打籃球用的運動鞋——。

有兩名少年在山麓看管腳踏車。騎腳踏車來的人，立刻跨上腳踏車；徒步走來的人則是頂著烈日，各自走回家。

壯丁團就此解散。

「辛苦了！大家辛苦了！」

鄉長陸樞堂朝四面八方揮手，向壯丁們致謝。接著他對我說：

「好，我們回去吧。」

「您先請，」我回答，「您不用顧慮我，我得先把這輛腳踏車還給那邊的人家。」

「是嗎？那我就……。」

陸樞堂騎上腳踏車，和崔上校及葉中校，一同往北邊離去。

跟農家借腳踏車時，說好中午以前就要歸還。因此我必須先把腳踏車還給人家。然而我跟他們分道揚鑣，其實還有另一個目的。

我實在很介意那個老是跌倒的男子，臨時決定要跟蹤他。

他無精打采地往南邊走去。他是徒步，而我有腳踏車，機動性強，有利於尾隨。

我回頭看了陸樞堂一行人，這時我才首次察覺——騎著腳踏車的陸樞堂，高雅的白髮隨風飄揚。而他來到這裡時，應該有戴斗笠。

我轉過頭看著那名跌倒的男子。他開始加快腳步，我默不作聲地踩了踏板。

兩輛腳踏車

路邊有一棵巨大的蓮霧樹。我把腳踏車停在樹下，然後躲起來。從這裡可以將這條筆直的路看得一清二楚。

過了一會兒，那名男子就停下腳步，朝四周東張西望。確認四下無人後，又繼續往前走——而且走得很快。

過分依賴腳踏車的我，疏忽了一件很重要的事：那名男子不一定非走這條開闊的路不可。道路的南邊有一片竹林。我眼睜睜看著該名男子突然跳進竹林中。

我慌了手腳，趕緊騎腳踏車衝向竹林。我拋下腳踏車，從疑似男子跳進的地方鑽入竹林。粗壯的孟宗竹生長得很茂盛，竹林的範圍相當大。茂密的竹葉阻擋了陽光，竹林裡非常陰暗。地面濕漉漉的，再加上我驚慌失措，所以絆倒了好幾次。

沒有發現那名男子的身影。我親眼看見他跳入竹林，他應該就在竹林裡錯不了。我停下腳步，豎耳聆聽。在這種地方，耳朵可能比雙眼還要可靠——可是我聽不見任何聲音，只好又邁開腳步。

我時而停下腳步，時而往前走，輪流使用視覺和聽覺，徬徨在竹林中。

然而，我感受不到任何動靜。手背撞到凸出的竹節而受傷，絆倒時也擦傷了膝蓋，狼狽不堪。對方確實躲在竹林裡——因為我很肯定，所以愈找不到人，我就愈意氣用事。後來我甚至自暴自棄，在竹林中到處奔跑，讓自己又多了好幾個傷口。而且大膽的黑斑蚊還攻擊我暴露在外的皮膚。

最後，我終於死心了。找了這麼久還找不到，也只有放棄一途。我垂頭喪氣地走出竹林。從暗處突然來到烈日底下，頓時讓我頭昏眼花。不過這算不了什麼，更猛烈的打擊還在等著我。

我扔在竹林前的腳踏車，竟然消失了。

用傳統的形容詞來說，就是「煙消雲散」。腳踏車當然不會自己消失，我在竹林裡陷入苦戰時，有人趁機把腳踏車騎走了。到底是誰把車子騎走，不用說我也猜得到，因此更令人氣憤。

說不定在我衝入竹林的當下，那傢伙就跑出來，立刻騎腳踏車逃走了。這條路沒有岔路，無論前方還是後方，放眼望去都沒有看到騎腳踏車的人，表示對方老早就果斷騎車逃走了。這條路往左會隱沒在菩薩山後方，往右會碰到公車道並拐彎。總之不管是哪個方向，我都不可能靠兩條腿追上對方。

況且那輛腳踏車是借來的，我必須賠償對方。

顧不得刺眼的烈日，我仰望天空。接著我扯開嗓門，把謹言慎行的紳士不該說出口的髒話，使勁罵了出來。那是汙辱對方的女性長輩且不堪入耳的下流字眼。

大吼大叫了一陣，也無法消除心中的鬱悶，反而讓我更討厭自己。我搔抓著被黑斑蚊叮咬的臉頰，如此悲慘的模樣，連我自己都快要看不下去了。

無論如何，我必須一步一步走回妻子的娘家。到處都看得見農家，但我實在提不起勁再去借腳踏車了。

縱使回到林家，心情也不會多舒暢。那裡有彩琴哥哥林景維的屍體在等著我，想必家中會充滿女人哀傷的哭聲，讓人心情沉重。

借來的腳踏車被搶走了，意味著我確實已經被捲入這個事件，至少我是這麼想的。不只是因為被害者是我的大舅子，更有一種兇手向我宣戰的感覺，我陷入了進退兩難的挑戰中。

我咬緊雙唇向前走。要回妻子的娘家，走公車道比較近。但我卻選擇往左走，要前往緒方大佐所在的兵舍，繞過菩薩山抄近路比較快。

我深信林景維的死和川崎少佐的死有關聯。要解決這個事件，先從川崎少佐開始調查會比較好。畢竟直到昨天才現身的林景維，是個底細不明的人物。相較之下，我認為川崎少佐反而容易了解。好歹他在緒方部隊待了十個月——。

緒方大佐看到我便口氣粗魯地問：

「有什麼事嗎？」

「我想再請教一下有關川崎少佐的事。」

我直截了當地說。

「昨天我也說過了，不管你怎麼查，都查不出個所以然。畢竟連我也不了解川崎少佐。」

「只要是有關川崎少佐的事，無論是什麼小事都好，希望您能告訴我。」

我態度強硬地要求。

「像是他的經歷嗎？」

緒方大佐把雙拳放在桌面上，眼神向上地瞪著我。

「是的。」

「很遺憾，我強調過很多次了，我真的不知道……。戰爭已經結束，而且他也死了，老實告訴你應該無所謂……他和我們不一樣，並不是野戰出身的人。」

「他是走參謀路線的？」

「也不盡然，」緒方大佐回答，「他從事的是特殊的工作，換句話說，是一個參與特務機關工作的軍人。因為工作性質的關係，他的經歷沒有公開。並不是我刻意隱瞞你，你千萬不要誤會。」

「我了解了。」

我說。

假如他是特務機關的軍官，事情會變得更複雜，我可能應付不來。但是要我果斷放棄且灰心地離開，我也吞不下這口氣。只要有一絲希望，任何方法都要姑且一試。

「能不能讓我看看川崎少佐的遺物？」我說。

「就放在那邊。」

緒方大佐指了指櫃子。

櫃子上有一個邊長約五十公分的方形小木盒。

「可以讓我看一下嗎？」

「應該沒問題。你就把盒子拿下來看吧。不過，裡面並沒有裝什麼貴重物品。」

緒方大佐說道。

我把木盒放在椅子上。盒子出乎意料的輕，打開盒蓋，裡面確實沒有裝什麼貴重的東西。白色的紙包上，用黑墨寫著「遺髮」二字。還有一套軍裝、軍帽，以及望遠鏡……。軍裝下方有一本筆記本。我翻開筆記本，內容是類似日記的筆記。

川崎少佐到林尾飛行場赴任後，直到遭人殺害的前一天，他都有寫日記，不過，是非常簡短的筆記。一天大概一行，偶爾會寫到兩行。赴任第一天的日記，再簡潔不過了。

六月二十日，抵達林尾，就任職務類似行政工作。

只有短短一句。

從這本日記中完全無法探索川崎少佐的人際關係，我相當失望。日記中雖然有出現其他人物，卻都是用英文字母標示。

七月十一日，士氣渙散，O大佐發怒。

大概可以猜得出來，O大佐就是緒方大佐。或許是因為他待過特務機關，寫人名習慣用代號吧。

由於日記非常簡短，將近一年份的日記，轉眼間就看完了。

短歸短，有兩個地方讓我特別介意。那就是八月十七日和十月二日。

八月十七日是終戰的兩天後。八月十五日只寫了「戰爭結束」四個字，但十七日的記事，以川崎日記來說算是很長的文章。不只如此，在他幾乎不帶情感的日記中，只有這兩個地方流露出撰文者的感情。

八月十七日，C飛來。相見感慨萬千。我道歉，他鎮定，說是命運安排。為C暗中進行的活動，以為成功，終告失敗。

十月二日，台北捎來緊急通報。C在古亭町的住所遭人殺害。誰下的毒手，目前不明。

嗚呼，命矣夫。合十。

去年的八月十七日，C這號人物搭飛機來到這裡，十月二日在古亭町遇害。「殺害」二字看起來非常刺眼。

今天早上，林景維遭人殺害。前天晚上，川崎少佐被人敲破腦袋喪命。我是這麼想的，肯定有一條線串起這兩人的死。而這條線，是否也串連著去年十月二日所發生的C遇害事件？日記太過簡潔、人名用代號標示，一開始讓我有些失望，但似乎也有收獲。謎團沒有縮小，反而擴大了。得知謎團愈來愈大，也算是往前邁出了一步。

「這個代號C的人物，指的到底是誰啊？」

我把川崎少佐的日記拿給緒方大佐看，同時詢問他。緒方大佐戴起了眼鏡。猶如傳統武士的他也上了年紀，我感到一絲哀傷。

緒方大佐默念著日記。

「說來慚愧，我不知道。」他說。

「您不是林尾飛行場駐守部隊的部隊長嗎？這個C應該是在八月十七日飛抵機場，您怎麼會不知道？」

「沒錯，我是部隊長，」緒方大佐說，「川崎少佐是我的部下，這是千真萬確的事實。可是川崎少佐背負著特殊任務，實際上並不是聽命於我。我接到的指令是：不要限制他的行動。」

「原來是這樣啊。」

「出入林尾的軍用飛機，表面上通通歸我管轄。但是有極少數的飛機，是由川崎直接控管。我也沒有接到任何關於那些班機的報告。事前早就決定好，如果那些飛機發生事故，川崎就必須負起全責。」

我非常肯定緒方大佐的解釋，絕對不是推託之辭。

國家之間的戰爭，有時不得不採用高階戰術，故會將川崎少佐這種老手布署在各個單位。他的任務就是遵照最上級的指令行動。遇到這種情況，指令一定會跳過好幾個層級，而緒方部隊長就是被省略的層級之一。

緒方大佐大概把我的沉默不語，理解為我不信任他，又補充了幾句辯解的話：

「由川崎少佐直接管轄的飛機抵達時，偶爾會有車子開到飛機旁，把不知道是人還是物品的東西運上車後，立刻就離開了。日記上這個C男，應該也是用這種方式送到台北。所以我既不知道C是何許人物，連他的長相也沒看過。」

「我了解了。」

我用非常堅定的語氣回答，好讓對方明白我並沒有懷疑他。但緒方大佐眨了眨眼，似乎還想說些什麼。因此我用力點頭，又重複強調了一次：「我真的明白了。」

關於街頭巷尾所流傳的寶藏傳聞，緒方大佐曾經明確否認過，但這麼一來，事情又變得很難說了。有軍官不受部隊長管轄，而這名軍官可以自由行動，也就代表他可以暗中藏匿財寶。

不過，我並沒有舊事重提。

「謝謝您告訴我這麼多，對我的幫助非常大。」

我一面說一面鞠躬道謝。

「對了，」緒方大佐說，「聽說林家的兒子在菩薩山被殺了，我們軍隊有去支援搜山，可是沒有找到兇手。」

「沒錯。」

「總覺得殺人案發生得很頻繁。」

緒方大佐皺起眉頭。

「真的，您說得對。」我跟著附和。

「川崎少佐人都死了，台北的警備司令部卻在今天早上寄來了傳喚狀。當事人已經不在世上了，無可奈何啊。」

「這樣啊……。」

「而且，川崎好像早就知道這件事了。像他那種人，什麼大小事都知道。他甚至向我透露，不久之後警備司令部就會找他過去問話。」

「他是什麼時候告訴您的？」

「就在他遇害當天早上。」

離開緒方大佐的兵舍後，我頂著大太陽走在路上。一想到腳踏車，那股怒氣又上來了。這麼熱的天氣還要步行，真是一場災難。

回林家之前，我還得完成一件討厭的工作。腳踏車遭竊，我必須去報案。畢竟那是一輛借來的腳踏車，就算要賠償，也必須按規矩來。

緊鄰鄉公所的小小建築物，就是菩薩庄的派出所。走到派出所前，我才想起劉巡查還在山上，派出所目前沒有人在。早就聽說這個村子只有一位巡查啊！

「白跑一趟了……。」

正當我無可奈何想掉頭離去時，卻看到派出所的旁邊停著一輛腳踏車。

我發出了低吟。

那輛腳踏車非常眼熟，正是我遺失的腳踏車。坐墊少見地用藍色圓點布包起來，把手的傷痕也是明顯的特徵。

低級的髒話又差一點脫口而出。

遭竊的腳踏車找回來了。接下來我該做的，就是把這輛車還給那戶農家。腳踏車沒有上鎖，我跳上車子，踩起踏板。

真是的，這到底是怎麼一回事？

把腳踏車還給那戶農家……。這麼一來，我還是得走路回家。太陽愈來愈毒辣。

「真倒楣……。」

我騎在車上喃喃說道。

我自暴自棄地踩著踏板，看到前方有一群人走了過來。往前又接近一些，才認出那是為了慎重起見留在山上搜山的民眾。數了數有十幾個人，超過半數的人都牽著腳踏車步行。有些人沒有騎車，又要邊走邊聊，所以大家才選擇不騎車吧。他們肯定在聊搜山的事。

「結果怎麼樣？」

我停下腳踏車向他們搭話。

走在隊伍最前方的人是劉巡查。

「沒找到。」他回答道。

「好可惜啊，竟然沒有任何收獲……。」

「其實有一點點收獲。」劉巡查上下挑動濃眉，調皮地說道。

「雜貨鋪的腳踏車找到了。就是那輛鬧得沸沸揚揚的失竊腳踏車。」

雜貨鋪的腳踏車遭竊，現在找到了。有人騎走我借來的腳踏車，現在也找回來了。兩者之間是否有什麼因緣？

「噢，請問是在哪裡找到的？」

我問道。

「就在菩薩山的谷底，」劉巡查回頭，「只不過它變成『那副模樣』了。」

我往劉巡查用下巴指的方向看去，一名青年不知所措地牽著前輪嚴重歪斜的腳踏車。

「壞得好嚴重啊！」我說。

「那當然啊，」劉巡查回答，「畢竟它掉到谷底去了嘛。車輪都歪了，後面的置物架也掉了。雜貨鋪的腳踏車應該有載東西的架子才對。」

「腳踏車掉落的周邊，沒有看到置物架嗎？」

「我們找過了，可惜沒有發現。」

我走到青年牽著的腳踏車旁，檢查車子的後方。

掉落谷底時所造成的衝擊，會讓置物架脫落嗎？我認為除非用螺絲起子，否則不可能輕易脫落……。也沒有零件斷掉的痕跡，感覺比較像是有人把整個架子拆掉。

車輪歪掉，置物架也脫落了，相較於這輛淒慘的腳踏車，我借來的腳踏車還算是不幸中的大幸。外觀沒有任何損傷就平安地回到我手上。

我向他們一行人告別，趕忙前往農家。這輛腳踏車的輪胎是「免打氣」的實心車胎。不是普通輪胎那種內部有管子，靠充氣膨脹的高級貨。而是將一片硬邦邦的橡膠車輪，直接黏在輪圈上。由於裡面沒有空洞，無論是被釘子刺到還是用刀割，都不必擔憂會爆胎。相對的是輪胎缺乏彈性，騎起來非常不舒服。在路況不好的台灣鄉下，大家都愛用這種不須擔心爆胎的輪胎。

我把這輛免打氣腳踏車物歸原主後，總算鬆了一口氣。終於解決了一項棘手的工作。本以為走路回家會很累，其實不然。公車道其中一側有一整排矮樹叢，起初我以為是有籬笆功用的灌木叢，結果竟是香味濃郁的茉莉花樹。只是我騎腳踏車經過這裡的時候，並未發覺。

這一帶是茶的產地。台灣有名叫「包種茶」或「花茶」的茶葉，會在茶葉裡加入陰乾的「香花」來增添風味。這些都是為了做花茶所種的植物。

在都市長大的我，不清楚樹的模樣，反而對花的香味比較熟悉。因為母親常常會把茉莉花插在頭髮上，聞到花香，我才發覺那是茉莉花樹。

定睛一瞧，花朵數量並不多，但香味濃烈。我從小就不是很喜歡母親頭上的茉莉花，覺得香味很膩。不過這個香味在田園中聞起來還不賴。

要回到安置遺體的林家，實在令人心情鬱悶。茉莉花的香味籠罩著我，彷彿在安慰我苦悶的情緒。我慢慢地走，好讓茉莉花香味撲滿全身。

回到林家，他們正在爭執要不要把遺體搬進家中。台灣某些地方有個奇特的習俗，死在外面的人，遺體不能進家門。彩琴的叔公非常堅持林景維的遺體絕對不能進家門。

由於有這樣的習俗，住院的病人經常會在臨終前趕緊運回家。若在醫院斷氣就進不了家門，無論如何都要趁病人還有一口氣時運回家中。林景維在外頭喪命，頑固的老人拒絕讓他的遺體進家門。至今一直沉浸在悲傷中的岳母，擦去眼淚擋在叔公面前。

「這裡是我的家，我不聽從別人的指使。我要讓景維進家門。」她宣布道。

「妳說別人是誰？」叔公滿臉通紅，「我是景維的叔公，不是外人！」

「我是景維的媽。」

岳母絲毫不退讓。

天空從剛才就開始轉陰。

「放在院子，要是下雨就糟了。」

岳父跟著勸說。

「搭帳篷就好了。」叔公說。

「跟下雨沒有關係，我就是要讓景維進家門。」

岳母的聲音充滿威嚴。

這時候，珠英走向前。

「等一下就要驗屍，必須先把哥哥的遺體搬進家中。好了，麻煩各位搬進來吧！」

她吩咐搬運遺體的幫手。

幫手們見珠英態度堅決，便將擔架抬起。

繃緊神經和叔公爭論的岳母，看到這情況，突然放聲大哭。

珠英用雙手托住岳母的腋下，將她攙起。

「媽，我們進去吧。」

不久，家裡便傳出女性的嚎啕痛哭聲。

在中國有個習俗，若家裡有人死亡，女性家屬就必須放聲大哭。不只要發出哭聲，還要夾雜哀悼的話。而且這是有旋律的，歌詞和旋律都很簡單，必須不斷重複。由於每個人和死者的親密度不同，哀傷的程度也有差別，哭號的大合唱則將哀傷均衡了。把悲傷形式化，或許是為了不讓別人在背後指指點點，說某個女人不夠傷心、冷酷無情。也因為大家個性不同，有些人會將悲傷藏在心底，有些人則是豪放地表現出來。這種哭號的方式，也能消除個人差異。

女人都蹲在地上，低頭用手帕按住眼角並放聲大哭。因親人逝去而悲傷到不能自已的人，也能藉由和眾人一起放聲哭號，排解悲傷的情緒。

單調緩慢的旋律，會漸漸揪緊聽者的心。

彩琴和珠英都沒有加入哭號的行列。她們都是現代女性，當然會對這種習俗有所抗拒。不過，彩琴早已將雙眼哭得又紅又腫。放聲大哭的女人當中，肯定有一點也不傷心的人。這十年來因為結婚才成為林家親戚的女人，恐怕根本不認識林景維。

珠英想必也對哥哥的死感到哀傷，但是她沒有哭，只是眼眶有些泛紅。她有任務在身。所有的大小事，幾乎都由她一個人發號施令。她讓自己忙於處理事務，不讓自己有發洩哀傷的機會。

珠英吩咐工作給每一個來幫忙的男女。她駕輕就熟，懂得這時候該做什麼事。她一定很鄙視哭號和其他陳腐的習俗，但她似乎非常了解這些細節。我餓壞了，趕緊走進廚房喝了一碗粥，總算鬆了一口氣。再回到客廳時，珠英對我這麼說：

「你們回門竟然遇上一連串的意外。家裡手忙腳亂，你要不要一個人先回台北？」

「假如有我幫得上忙的地方，我願意效勞。」

「不用了，」她說，「鄉下最不缺的就是人手。你留下來也幫不上忙，家裡死氣沉沉的，你還是先回去吧……。這樣比較好，你的家人應該也在等你回去。」

我家並不遠，就算要回去，搭公車也不到半小時。反正想來的時候隨時可以來，現在我還是先回家比較好。

「那我就聽妳的話吧。」我說。

我家和林家已經變成親戚，我也必須向父親報告這件不幸的事。況且我也不喜歡陰鬱的氣氛。

「就這麼辦吧，」珠英說，「彩琴呢？我想她暫時留在這裡比較好。」

親哥哥死了，要彩琴馬上回婆家實在不恰當。

從剛才我就一直在觀察珠英的指示，她對所有人下的命令，都是正確無比的判斷。

我告訴彩琴，傍晚我會回到林家守夜，接著就離開了林家。

林家的院子裡，聚集了大批前來弔唁的客人。我在人群中看到了陸樞堂和陸杏的身影。通過前院來到馬路，我又回頭看了一次，正好看到珠英走進院子。這時，陸樞堂竟離開人群，朝院子角落走去。女兒陸杏慢了兩、三步，也跟了上去——緊接著，珠英也快步追上他們。

就這樣，陸家父女和珠英遠離人群，聚集在庭院一角，開始說起話來。

回家

回到台北的家，我首先向父親報告了在林家所發生的事。

「我還是得去露個面，弔唁一下比較好。」父親說道。

母親從旁插嘴：

「輝銘，你跑回來沒關係嗎？你的大舅子死了耶……。」她一臉擔心地說。

「等一下我會再過去。總之，我現在累死了，讓我休息一下。」

語畢，我走上二樓。

事實上我真的很疲倦……清晨爬山、殺人事件、搜山、可疑男子、跟蹤、腳踏車遭竊、徒步走在鄉下的路上——我真的精疲力盡了。

我在床上躺下。睡在台灣式的「眠床」上，有真正回到故鄉的感覺。昏昏沉沉打著瞌睡，忽然驚醒的瞬間，我搞不清楚這裡到底是哪裡。是東京那個二樓租屋？還是朝風丸的船艙裡？……我注視著天花板好一會兒，終於想起來——

啊，這裡是台灣。

再過兩、三天，應該就不會再產生這種奇妙的錯覺……我一面想，一面又開始打瞌睡。

不知道過了多久，女傭的聲音把我吵醒了。

頓時我又想不起來這裡是東京的家，還是船艙裡……不對，這裡是台灣——歷經這個清醒的過程後，好不容易回到了現實世界。

女傭來叫我去吃中飯。

吃過飯後，我又爬上床躺了下來。疲勞已經消除，也不睏了。我盯著天花板，思考許多事情。

我不斷回顧早上發生的事情。讀書百遍，其義自見。我不停思考事件的來龍去脈，期待能從中發現任何意義。

清晨，林景維比我還早一步到達林家後方的井邊——他身穿白色中山裝，頭上戴著巴拿馬帽。

我和崔上校去散步，前方有林景維的白色背影。大約二十分鐘後，我們發現他陳屍在山上。還有槍聲——。

為了求援，我一口氣衝下山，借了腳踏車。半路上遇見葉中校，他正巧在田埂上騎著腳踏車。

陸樞堂在院子裡甩動繫著鎖鏈的繩子，聽聞消息，臉色慘白。世上難得一見的冷靜派，竟然慌了手腳！還有陸杏也是，甚至連珠英也是。

搜山的過程……。還有可疑男子。那個人真的非常詭異。證據就是他甩掉我的尾隨，還偷走腳踏車，逃之夭夭……。

我和緒方大佐的談話……。川崎少佐的日記……。

我從床上爬了起來。

我想到了一個線索。川崎日記裡那個代號C的人物，在十月二日遭人殺害。

我趕緊跑到樓下。

「舊報紙是不是像過去那樣，都收在倉庫裡？」

我問女傭。

「是啊，就放在老地方。你要看嗎？」

資深女傭回答。

「嗯，我想查一下去年十月初的報紙。」

「那我去拿來給你吧。」

不久，女傭拿著一疊報紙回來。

前天回到故鄉後，一直忙進忙出，連看報紙的時間都沒有。回歸中國後的台灣報紙，到底是什麼模樣，直到現在我才第一次看到。

報紙是《新聲報》。和以往看慣的日本報紙不同，第一面整頁刊登了政府的公告，有一半以上都是關於接收的告示。

雖然我看得懂中文，但還是很生疏。紙質不太好的紙張上，擠滿了方塊字，總覺得版面看起來有點髒。我往下翻，第四面是日語版，可見有相當多的人看不懂中文。

C在十月二日遭到殺害，於是我看了十月三日的報導。我仔細地翻閱，都沒有找到相關報導。四日的報紙上，也沒有類似的新聞。五日的報紙則刊登了大稻埕的黑道老大遭人暗殺，受重傷差點致命的報導。

女傭拿來的報紙有半個月份。我逐一仔細查看，終於在十月九日的日語版面，發現了下面這則報導。

漢奸趙逆百文遭人殺害

八日午後，警備司令部發表消息，漢奸趙逆百文在台北市遭人殺害。漢奸首領趙逆百文，抗戰勝利後便銷聲匿跡，政府發出通緝令，竭力尋找他的下落，終究掌握不到他的蹤跡。近日在台北市內遭人殺害的死者，證實就是趙逆百文，消息震撼相關各界。戰勝前，有消息指出他在南京一帶出沒，之後就杳無音訊，下落不明。當局正在調查他是循何種管道逃到台灣。

由於是中文報紙的日語報導，刻意用了漢文風格。文章讀起來有些生硬。漢奸的姓名之間會加入「逆」這個字。

光看這篇報導，無法得知趙百文在何時遭到殺害。只有寫到「近日」，關於地點也只有提到「台北市內」。八成是警備司令部沒有公布吧。

趙百文就是C嗎？

我認為十之八九錯不了。不只是因為趙百文的第一個英文字是C，而是我的直覺告訴我就是他。

關於趙百文，我對他稍有了解。他是相當知名的軍人，畢業於日本的士官學校。在重慶時也是軍隊的領導人物之一，後來倒戈向汪精衛陣營靠攏。戰後當然被視為叛國賊，也就是「漢奸」，並追究責任。

連我都受到波及的連續殺人事件，看來第一個關鍵就在C，也就是趙百文身上。我認為有必要深入了解這個人。我對趙百文所知有限，甚至不及人名辭典上所刊載的三行敘述文。這時候，我想起了中學學長，研究大陸問題的專家鄭式堅。他肯定很了解趙百文這號人物。他家離這裡不遠，遲早我都得去拜訪他，知會他我已經回台灣了。

我立刻套上外衣，前往鄭式堅家。我的個性就是想到了就會馬上付諸行動。

「趙百文在台北遭人殺害，我不時會聽到這個名字，他到底是什麼樣的一個人？」

草草打過招呼後，我就立刻發問。

「趙百文嗎？」鄭式堅似乎對這個突如其來的問題有些困惑，想了一下才繼續說：「簡單一句話，就是具有儒家思想的人。同時也嚴守道德，自認為是政治家。這種人很常見……。趙百文將軍也是，他覺得自己是世上最了不起的人，也認為自己對國家社會負有相當大的責任。」

「我知道他向汪政權靠攏，是因為受到利誘嗎？」

「誰曉得呢？」鄭式堅有點疑惑，「要深入調查才能知道真相，在我看來，他應該不至於抵擋不住金錢或地位的誘惑。」

「那他為什麼會倒戈？」

「我剛才也說過了，趙百文是很古板又嚴肅的人。看到人民身陷水深火熱之中，他應該是發憤圖強想要拯救人民，總覺得他有嚴重的誇大妄想症。簡單說就像唐吉軻德，聰明人才不會挑那種時候倒戈。太平洋戰爭爆發後很久，也就是日本的情勢變糟後，他才倒戈的。」

「哦，也就是說，他是在重慶開始有一線希望時才倒戈？」

「是啊。有眼光又機靈的人，才不會幹那種蠢事。他倒戈的時期固然很荒唐，確實也帶給重慶相當大的震撼。」

鄭式堅後來又用學者的方式，解釋了當時的情勢，以及趙百文「投汪」（向汪政權靠攏）所蘊含的意義。簡單歸納如下。

日軍在大陸採取的作戰方式，自始至終可說都是採用「一擊戰術」。即使是日軍當局，也不認為能靠軍事手段鎮壓整個中國。他們期待的是給予對方一次猛烈攻擊，讓對方舉手投降。杉山元陸軍大臣向天皇宣稱，會在一、兩個月內解決中國事變[1]，指的就是這個意思。

這樣的戰術在徐州會戰並沒有發揮作用。南京攻略戰、漢口作戰——日軍接二連三地「一擊」，效果卻不如日方預期。雖然帶給國民政府右派些許不安，但人民的抗戰意志卻凌駕於其上。

除了軍事上的「一擊」，日方也嘗試將這種戰術運用於政治上。站在日方的立場，汪精衛逃出重慶、和日本合作，是日方在政治上最重大的一次「一擊」。即使如此，仍舊無法將重慶政權一擊斃命。

相較於汪精衛，趙百文將軍倒戈算是小規模的「一擊」，卻帶給重慶相當大的震撼。如鄭式堅所說，他是具有儒家思想的人，做人處世都很清廉，受許多人愛戴，大家都知道他不會被錢或地位收買。而這樣的趙百文竟然倒戈，造成的震撼也非同小可。尤其在軍隊內部，確實造成某種程度的衝擊。

就這樣，重慶因趙百文倒戈而飽受折磨。由於日本與英美為敵，重慶的軍民無不歡欣鼓舞，認為勝利的曙光在望。這下子卻因為趙百文出乎意料的倒戈，必須平息這件事所帶來的混亂，可說是恨他入骨。

戰後，政府立刻對趙百文發出通緝令。由於他犯了「懲治漢奸條例」第二條第一項第一款之罪，若被抓到並送上法庭，絕對會被判處死刑。結果，趙百文卻迅速躲了起來，更令人出乎意料的是，竟然在台灣發現了他的遺體。最驚訝的恐怕就是台灣的警備司令部吧。

「為什麼他會被殺？」

明知這是個強人所難的問題，我還是開口問了。

「我完全摸不著頭緒，」鄭式堅邊搖頭邊回答，「殺一個遭到逮捕就會被判死刑的人，

【譯註】

1 原文為「支那事変」，指的是以一九三七年的盧溝橋事變為開端，到一九四一年十二月八日美國對日本宣戰為止的一連串戰爭。目前日本將一九三七年至一九四五年的戰事統稱為「日中戰爭」（即八年抗戰）。

實在很莫名其妙。假如對他懷恨在心，只要向相關單位檢舉，他就死定了……。我真的不懂，為什麼要動手殺了他？」

「說到殺人動機，首先想到的就是色與慾。」

「趙百文好女色嗎……」鄭式堅面露苦笑地說，「我沒辦法想像。不過，人性本來就很難說。」

「那慾望呢？」

鄭式堅思考了好一會兒。

「這個比較有可能……逃亡需要錢，他身上可能帶了不少錢。假如目的是錢，向當局檢舉也沒用，直接搶是最快的……。」

鄭式堅比我還了解趙百文，但是他遭到殺害的事件，反而是我比較深入……。話是這麼說，其實也不過就是我確信他的死，和川崎少佐還有林景維的死有關聯罷了……。

總之可以肯定的是，這並不是一般小偷幹的好事。

我告別鄭式堅的家，踏上歸途。

我想著那個謹慎又有些過於自信的男人。假如是他，一定會嚴肅地說出「命運」這兩個字。

我想起川崎日記的其中一段。

「為C暗中進行的活動，以為成功，終告失敗。」

為C暗中進行的活動，指的一定是為了拉攏趙百文進汪精衛陣營，日方所做的安排。站在趙百文的立場，若沒有事前的了解和準備，恐怕也不敢貿然投入敵方陣營。川崎日記中「相見感慨萬千。我道歉……」這段話，不就說明了這件事的日方負責人就是川崎少佐嗎？由於戰爭結束，導致趙百文被視為「漢奸」而追究責任。這麼一來就構成了川崎少佐向他道歉的理由。

我一面在太平町隨意亂逛，一面思考著趙百文將軍和川崎少佐的事。這兩人在重慶和南京分隔兩地進行交涉，看來是無庸置疑的事實。但是，只有他們兩人直接進行交涉嗎？這件事需要保密，我不認為會有太多人介入。但是，確實有極少數的人參與了這件事。

除了他們兩人，彩琴的哥哥林景維也遇害了。林景維這號人物，和趙與川崎到底是如何交會，引發我各種想像。畢竟我不認識林景維，只能靠想像。他的死和前兩個事件有關聯，因此，林景維應該也透過某種形式參與了C的活動吧？唯獨這個臆測，我認為我應該沒猜錯。

過去的太平町，現在的延平路，是台灣人的居住區域。日本人大多住在城內，美軍飛機的轟炸，多半以城內為目標，這一帶幾乎沒有受到戰爭的摧殘。

我走在「亭仔腳」下。在台灣，無論哪個城市都一樣，民房前面有突出的屋簷，像拱廊一樣，保護行人不受毒辣的太陽直射。下雨天要外出到住家附近，也可以不撐傘。「亭仔腳」下面，則有許多小販在賣東西。

賣西瓜切片的男子，大聲招攬客人。西瓜上有蒼蠅聚集。看到這副情景，更讓我清楚體認到回到祖國的事實。我覺得好悲哀。

一回國就遇上一連串超乎尋常的事件，根本沒有空讓我多愁善感。只有破爛不堪的灰泥牆、聚集在西瓜上的蒼蠅，這些片斷的窮酸景象會稍稍觸動我的心。

金飾工匠的店裡，骨瘦如柴的矮小老人，彎著背正在工作。小時候我曾經在這家店的門前，毫不厭倦地看著工匠巧妙的手藝，久久捨不得離去。當時也是同一位老工匠。小時候的我，覺得他好高大又有威嚴，現在卻瘦小得令人心酸。是因為我長大了嗎？這景象重重撼動我的心，令我不忍直視。

彎過金飾工匠店鋪的轉角，走進小巷就是我的家。我停下腳步，凝視著老人的手藝。像是給予自己考驗般，無論遇到任何困難，都必須鼓起勇氣正視問題，絕對不能逃避。

「這不是楊先生嗎？」

有人用日語叫了我的名字，我回過神來。一回頭就看見身穿軍裝的葉中校。

「啊，你是……」遇見了意料之外的人，我頓時說不上話來，「你怎麼會來這裡？」

「我送崔上校過來。我們有事要到台北處理，順便向上級報告那個案件。楊先生你呢？」

「我家就在前面，拐進小巷後的那裡……。」

「噢，我剛才就是從這條小巷走出來呢。」

葉中校努力展現親切的笑容。

「這條小巷裡有個名叫八仙樓的地方，崔上校的宿舍就在那裡。」

「這樣啊……」我說。

「八仙樓就在我家附近，真的很近喔……。我不知道崔上校就住在那裡。」

「他在城內有獨棟的宿舍，單身一個人住獨棟實在太寬敞了。大概一個月之前，他就主動遷出那裡，搬到這裡來了。之前的宿舍是日本房屋，住起來可能不太舒適吧。」

「葉中校，」我開口道，「接下來你要去哪裡？」

「我必須去長官公署[2]一趟，要去報告很多事情。」

「方便的話，要不要來我家坐坐？就在前面而已。」我邀請他。

葉中校想了想說：

「今天不去了，我想快點完成報告。而且，今天晚上還有別的工作……。明天我再去菩薩庄。」

我向葉中校道別，回到家中。

回國後，為了突發事件疲於奔命，帶回來的行李幾乎都沒空整理，就這樣丟在房間裡。我跟妻子約好傍晚要去菩薩庄，便打算在那之前整理行李。

在菩薩庄認識的崔上校，就住在眼前的八仙樓。從我房間的窗戶，越過屋頂可以看到八仙樓的紅磚。肥壯的崔上校應該就在其中一個房間裡閒得發慌吧。

見到葉中校時，我邀他到家裡坐坐，只不過是一種客套話。其實我並不希望他來我家。回國後，我所見到的來自大陸的人，只有崔和葉兩名軍人。我認為葉中校是名優秀的軍人，而崔上校則是個摸不清本性，很典型的中國成年人。

我對他印象不壞，但總覺得必須有所提防。我們能夠敞開心胸暢談的對象，終究只有環境和生活方式相同的人吧？有些對象不需要用千言萬語來解釋，僅僅用一、兩句話，就能明白地將想法傳達給對方。有些人甚至不需要言語，只憑一個小動作，就能立刻體會我們想要表達的意思。

受日本統治的五十年，台灣人可說是和大陸完全阻隔。戰時的「皇民化運動」，統治者的企圖相當明顯，就是破壞台灣人的漢族意識。儘管如此，台灣人的日本人化終告失敗。「皇民化運動」無法剝奪台灣人心中的漢族意識。成為日本走狗的老仕紳，也曾在演講時脫口說出「我們中國人……」這種失言，引起軒然大波。

回歸中國版圖的台灣人，背負起新的不幸。五十年的隔離，導致台灣和大陸之間僅剩下「漢族意識」在維繫。理所當然的，我們必須從這裡重新出發。

目前要和崔上校與葉中校來往，必須多用言語溝通。我認為對方也有同樣想法。葉中校對我述說重慶時，應該算是在講解，畢竟我們雙方都必須努力。這真是一件麻煩事，尤其

【譯註】

2 台灣省行政長官公署，中華民國管轄台灣初期時所成立的最高行政機關。

是疲累的時候，根本沒空應付他們。

我身邊有許多知心朋友，都是在同一條小巷玩耍，念同一所學校長大的朋友——等我把行李整理好，我打算去拜訪這些住在附近的老朋友。

我打開行李箱，開始物色送給他們的伴手禮。這真是一件快樂的事。送這個給那個人，不知道對方會怎麼說——一想到這裡，心情也變得平靜許多。

再次陷入混亂

到頭來，我還是沒有在這天去拜訪老朋友。

從日本帶回來的物品，每一樣都充滿回憶。我沉湎於回憶裡，時間不知不覺就過去了。

比方說，我從妻子的行李中，找到談戀愛時我寫給她的一大疊情書。女人似乎非常珍惜這種東西。事後重看自己寫的信或情書，實在令人難為情。即使如此，我還是強忍著害羞，花了半小時把那些信看過一遍。

接著，我把行李裡的書放上書櫃時又翻了起來。時不時就會挑幾本起來看，一不小心又被內容吸引。其中有一本綜合雜誌，從我拿起雜誌到放進書櫃，就得花上半小時。那本雜誌有我恩師執筆的內容，我特地留下來作紀念。但不由得讓我讀得入迷的文章，並不是恩師的論文，而是我在雜誌最後發現的這篇報導。

〈訪談趙百文將軍〉

這是報導的標題。看來我買這本雜誌時，只讀了恩師的論文，不記得有看過〈訪談趙百文將軍〉的內容。萬萬沒想到那個趙百文就近在咫尺。

文章內容是日本知名的新聞工作者，在南京某處訪問自重慶來到這裡，並且剛倒戈不久的趙百文。

記者這樣問趙百文。

——你曾經說過，總有一天必須替秦檜挽回名譽？

如同楠木正成與足利尊氏的關係，中國最具代表性的忠臣岳飛，他的敵人就是秦檜。秦檜對金國採取主和政策，最後甚至出賣了國家。他召回在中原陸續攻陷金軍的岳飛，和金國簽定飽受屈辱的和約。岳飛墓位於杭州西湖的湖畔，對面就是被鎖鏈拴住的秦檜夫婦石像。瞻仰岳飛墓的人都習慣在石像那裡撒尿。

面對記者的發問，趙百文回答，秦檜的和議讓宋朝維持和平，人民也過著幸福的日子。抗戰沒有任何好處，只會讓人民身陷水深火熱之中，早日恢復和平才是明智之舉。

趙百文並不是第一個替秦檜辯護，企圖幫他挽回名譽的人。這個邏輯也不算新穎，明代學者也曾主張「秦檜再造南宋」。然而趙百文卻說得像是所有論據都是他想出來似的，給人蠻橫的印象。鄭式堅說的沒錯，看來趙百文似乎深信自己是全世界最了不起的人。這口氣彷彿在說唯有我趙百文才能拯救五億的庶民。

——我勇於成為秦檜。秦檜是文官，身為武官又要成為秦檜，難上加難。

這番話是比喻自己會成為比秦檜更厲害的人吧？他繼續說。

——我在重慶的家中，有個完善的防空洞，足以保障人身安全。我在那裡可以過著舒服自在的生活。一般人都會選擇這樣的生活，但是我對人民有責任。

然而，歷史的審判意外地提早來到，趙百文被冠上漢奸罪名，成了被追緝之人。然後，在台北的隱藏住所遭到身分不明的兇手殺害。

假如趙百文是自殺身亡，一切就說得通了。沒有任何一處有具體描述他是怎麼死的，川崎日記和報紙都斷定他是「遭到殺害」。肯定是現場找不到任何疑似自殺的跡象。

我剛看完趙百文訪談，母親就來到我的房間。我們母子有很多話要說，但還沒有機會好好聊一聊。

母親連細節都想問個清楚。我比手畫腳地敘述空襲的可怕，企圖嚇嚇母親。這時，母親就會「噯唷！」一聲，發出感嘆。

無論她多麼驚嚇，畢竟寶貝兒子現在平安無事回到她身邊，母親說著：「太好了。」想必心中一定非常慶幸喜悅。

不久，前往菩薩庄林家弔唁的父親，也揮著汗回家了。

「彩琴的姊姊真是個能幹的女性。」

這是父親回家後說的第一句話。

就這樣，時間不斷流逝，我不得不放棄原本要去拜訪老朋友的計畫。

搭乘公車一路顛簸前往菩薩庄的路上，一想到又要身陷混亂中，我不禁又緊張了起來。

回到台北時，我算是跳脫了這次的事件，能夠以旁觀者的立場遙望整體。藉由這次的觀察，我非常確定趙百文和川崎少佐有所關聯。

距離混亂現場愈來愈近，我打算趁還在公車上時，將至今的觀察做個總結……。而且，我還發現一個重要關鍵，能將林景維的死和前兩人的死串聯起來。

我的直覺告訴我，這三起殺人事件絕對有關聯。但這終究只是我的直覺，對於林景維的事件，我沒有任何確切的證據。而在台北，也只證實了趙百文和川崎少佐有來往。我在公車上，發現了串聯起林景維和這件事的根據。

而這個根據是什麼，說起來其實微不足道。就是林景維明知道會讓父母傷心，卻還是營造自己不在人世的事實。雖然他說這麼做是為了不給故鄉的家人添麻煩，但做到偽造遺書的程度豈不太大費周章？陸宙就沒有演這種假戲。換句話說，林景維積極地裝死一定有他的理由。

在公車上，我想起了日本的陸軍中野學校。那是訓練情報人員的地方。根據刊登於戰後某報的「訴說真相」系列報導，重要的情報人員，甚至會除去戶籍。要成為世人眼中的「死者」，這是必要的手續。自古以來的忍者和隱密（古代的情報人員），似乎也會這麼做。裝死或許可以解釋成林景維的任務和諜報或策略有關係。

這麼一來，林景維的死似乎就和前兩件殺人案有了緊密連結。趙百文會倒戈，的確是因為日方的引誘。川崎少佐負責與C相關的工作，這個推論顯而易見，畢竟他們是「相見感慨萬千」的關係。不過，中國方面確實有一個和日本特務機關談判的代理人。而這號人物，必須是隸屬於和日本特務機關同等地位的中國組織才行。畢竟從逃脫到倒戈需要相當高階的技術。

從台北出發的公車，一駛過淡水河的鐵橋，周圍就有一整片種植柑橘類的農地。這一帶最有名的就是椪柑和桶柑，椪柑的產季已過，但桶柑的果樹上，還有結實纍纍的金黃色果實。

不久後，菩薩山就出現在右邊的車窗中，車子一轉彎又看不見了。過了好一會兒，一回神，菩薩山已經變得比剛才更大、更逼近車窗。這時候我已經用一條線索將三起死亡事件串聯起來，我帶著這個牽掛前往菩薩庄。

我會暫時回台北，是因為我留在菩薩庄也幫不上忙，反而會礙手礙腳。處理後事不能感情用事。辦喪事要交給有經驗的人，沒經驗的人一點用處也沒有。從日本回來的女婿，別說是林家的規矩，連台灣的一般習俗也很生疏，對菩薩庄的情況更是一頭霧水，連去附近借一張椅子都有困難。珠英就是顧慮到這一點，才會貼心地把我趕回家。

但是，身為死者妹妹的丈夫，還是得參加守夜。所以我才會搭著公車，從台北又跑來這裡。

沒想到，我回到菩薩庄林家時，林景維的遺體竟然不在家中。原來是因為沒辦法派人來驗屍，只好用吉普車把遺體送去台北。

在喪家家中，死者才是「主人」。遺體不在，整個林家充滿著奇特的氣氛，女人也沒有哭喊。屋裡還殘留著許久前燒完的線香味道，現在卻沒有人去點新的香。

大家只能等主角遺體回來。同時聽聞林景維生還和死亡而趕到林家的親戚，全都無事可做，到處都看得到人們在竊竊私語。他們大概早就把林景維死去的事聊過一遍，現在聊的是米價變貴了、水牛價格漲了所以大賺一筆等等。

彩琴依舊紅著雙眼。

「爸爸已經回去了？」

大概是不想讓我看到眼淚，她害羞地別過頭去，對我問了理所當然的話。

「他已經回到家了。」我答道。

不時會聽見珠英指示傭人的說話聲。

「妳姊姊好能幹喔！」我說。

「她能幹過頭了，」彩琴說，「能幹到我甚至認為她一點也不傷心。」

「她當然會難過。問題是大家都哭成一團，誰來辦正事呢？」

我說。

「你說得對。爸媽這次真的受到很大的打擊，剛才你父親來的時候，他們也亂了手腳，沒有好好接待。後來就換成姊姊接待他。」

以為兒子早已死去，放棄了希望，兒子竟死而復生，讓他們欣喜若狂。想不到情勢驟變，兒子又遭人殺害。死心兩次真的是一件很殘忍的事，也難怪彩琴的父母會疲憊不堪。

大家無事可做，只好提早吃晚飯。餐桌上靜悄悄的，岳母甚至沒有露臉。她說要在房間裡吃，不曉得她有沒有食慾？

吃過晚飯後，大家似乎不知道該如何是好。

正當女傭在收拾餐桌，鄉公所就派人過來了。

「台北來了消息。林景維先生今天要留在醫院一個晚上。」

這個消息有如給了大家一個台階下，所有人都鬆了一口氣。今天晚上沒必要繼續在這裡久留，彩琴的叔公率先站起來。

「既然如此，留在這裡也沒用，我要回去了。」

緊接著，眾人也紛紛起身。女人們走進岳母的房間。回家之前還說了幾句安慰的話，算是履行義務。

年紀最大的「大舅媽」已經七十八歲了。孫子帶她來到這裡，自己卻有事到台北去了。彩琴和珠英三番兩次勸她留下來過夜，老人家卻堅持要回家。

大舅媽的家不算遠，搭公車只要兩站。她家就在公車站對面，只要想辦法送她上車，回家應該不是問題。

「我要回家。」

老人家話一出口，無論發生什麼事都不肯退讓。偏偏若是不說些客套話就讓她回去，她又會發脾氣。眾人適度地挽留她之後——

「那我們送妳到公車站吧，」珠英這麼說，回頭看了彩琴，「我還得收拾，拜託妳了。」

「好，我去去就來。」

「記得拜託司機幫忙喔。」

「我知道。」

「我也陪妳去吧。」

我說。

彩琴應該很習慣在這一帶走夜路，但是我很想到外面去。

我們夫妻帶著大舅媽來到公車道。

公車很快就來了。我們讓大舅媽上車，也拜託司機多照料她。公車揚起沙塵離去，我們目送著公車愈變愈小，直到看不見為止。

四周早已變得昏暗。

「我們到附近散散步好不好？」我對彩琴說。

「也好，我們走一下吧。」

她一整天都被關在充滿線香味的屋子裡，似乎也不想馬上回家。

「反正哥哥他已經死過一次了，不是嗎？」

我試圖安慰她。

「因為他活著回家了，反而更難過呀！」彩琴哽咽道，「早知會有這樣的結果，不如不要見到他死而復生的模樣……。」

「是這樣嗎？」

我不知道該說什麼才好。安慰人實在是一門大學問，若對方是女性，難度就更高了。

我們不發一語地走著。菩薩山的黑影就像屏風似地矗立在眼前。從今天一大早開始，我就來回走過這個地方好幾次。夜晚來到這裡，菩薩山感覺更近了。

不知不覺的，我們走了好遠。

「我們回去吧？」

我說。

「也好，」彩琴停下腳步，「要是太晚回去，姊姊可能也會擔心。」

我們很有默契地往右轉。眼前是我們剛才走來的公車道，又白又長。山看起來好近，路卻像是無止盡地延伸到遠方。

「不知不覺走了好遠。」

我說道。真的走得很累。

「那我們抄近路回去吧？」

彩琴說。

「有近路可以走，真是謝天謝地。」

「有是有，可是路很窄，要小心走喔。」

在公車道往前走了一會兒，彩琴轉進竹林旁的小路。

「哦哦，原來這裡有路啊……。」

這條路真的很窄，窄到兩個人沒辦法並肩行走。彩琴走在前面。其中一側是恣意生長的竹林，阻斷了月光。所以這條路比公車道還要暗上許多。

往前走了一陣子，路變得比較寬敞了。雖然變寬了，也只是勉強能容納兩人並排行走的寬度。從這裡開始，我們就並肩一起走了。

左側依然有綿延不絕的竹林，右側一開始是水田，後來就變成椪柑農地。道路兩側像是立起屏風似的，能見度變得更低了。

「妳經常走這條路嗎？」

我問。

「很少走。尤其是晚上，從來沒走過。」

「應該不至於迷路吧？」

我有點擔心地問。

「不會迷路啦，這條路沒有岔路。」彩琴回答。

沒有岔路的路確實不會迷路。可是我擔心的是，會不會根本就走錯路了？

「是這條路沒錯吧？」

我慎重起見又確認了一次。

「是真的，錯不了。」彩琴堅定地回答，「你看，那裡不是有土地公廟嗎？」

往彩琴指的方向看去，右邊有一座快要坍塌的小廟。假如那算是明顯目標，應該沒有走錯路。

雖說是廟，卻是一座比我矮一個頭的紅磚建築。它真的非常破舊，破舊到如今恐怕已無人知曉它蓋在這裡的來由。

「這座廟看起來有點詭異。」我說。

「是啊。」妻子也跟著答腔。

正當我們要經過這座廟時，有個白色的不明物體從上方飄下來。飄落的方式相當詭異離奇，我嚇了一跳，不由得抓住了妻子的肩膀。

「只是一塊白色破布啦！」彩琴用冷靜的口吻說。

「是嗎……」過了一會兒，我才定睛看了掉落在地上的白色物體。妻子說的沒錯，那真的是一塊白色破布。

「掛在那邊樹上的布，不小心飄下來了吧？」彩琴說。

她絲毫沒有受到驚嚇，反倒是我這個大男人，嚇到差點發抖。

一旦弄清楚幽靈的真面目，也就沒什麼好害怕的。我們又繼續往前走。

這時候，我有一種「突兀」的感覺——而且我有一種預感，這個謎團若是解開了，許多事情都會迎刃而解。

「怎麼樣？是不是比走公車道還要快很多？」

彩琴得意洋洋地說。

仔細一瞧，我們已經通過竹林，左側變得很開闊。而且林家的房子就突然出現在眼前。

「真的好近……。」

我喃喃說道，停下腳步。

彩琴也停下腳步，深深吸了口氣。

「好香喔！」

她說。

這時我才發現，夜闌人靜中飄盪著茉莉花香。路旁並排著五、六棵茉莉花樹。然而攔下我腳步的，並不是茉莉花的味道。

「彩琴，我有話想問妳。」我說。

「怎麼了？這麼慎重。」

她注視著我，露出訝異的表情。月光讓我們可以看清楚對方的臉。

「剛才那塊白布，妳沒有嚇到對不對？」

「那當然……。怎麼這麼問？」

「我嚇死了，還以為是鬧鬼。」

「是喔？只是一塊布耶？」

「我很嚴肅在問妳，」我說，「妳沒有嚇到，我覺得很奇怪。」

「你說這話才奇怪呢，我很少因為這種事嚇到啊。」

「沒錯！」我不由得提高聲調。我沉默了一會兒，壓低聲音繼續說：「妳很少嚇到，嘴上嚷嚷著好可怕，其實並沒有真正嚇到。可是昨天晚上，妳被嚇得半死對不對？妳是真的嚇到了。」

「哦……你說的是迎雲寺那時候？」

「對，就是可疑人物突然從那裡跑出來的時候。當然啦，有可疑人物突然從那裡跑出來，確實會被嚇到。可是妳害怕的方式，以妳來說實在太不合常理了。那傢伙逃出迎雲寺之後，妳也好一陣子無法從震驚當中平復對不對？」

「可是……」彩琴吞吞吐吐。

「妳當時會那麼驚嚇，我認為有非比尋常的理由。我想知道為什麼。」

「因為……」她又支吾其詞了。

「很難啟齒是不是？妳是不是認為說出來會被人嘲笑？」

彩琴眉頭深鎖，用懷疑的眼神凝視著我的雙眼。然後——

「沒錯……」她小聲說道。

「假如妳很難啟齒，我來替妳說吧……？從迎雲寺衝出來的男子，是妳認識的人……。至少對方長得很像妳認識的人。」

「你怎麼知道？」她一臉不安地反問我。

「我可以說出那個人的名字，」我吐了一口氣才繼續往下說，「那個人就是杏的哥哥陸宙吧？」

「老公，」彩琴像是要逼問我似的，「你怎麼知道？」

「因為妳嚇到的樣子實在不尋常……。沒錯，就像是看到死人一樣……。這也難怪，畢竟妳剛剛才聽說陸宙已經死了。」

「對啊，要是我說在迎雲寺看到死掉的人，一定會被人嘲笑。所以我沒有告訴任何人……。不過，我在基隆也看到長得很像的人……。」

「老實告訴妳，」我說，「除了妳在迎雲寺被嚇到，還有其他跡象顯示陸宙還活著，甚至在這一帶出沒喔！」

「真的嗎？」彩琴瞪大了雙眼，「那麼，宙哥真的還活著嘍？」

「目前我還不敢斷定，但十之八九錯不了。」

「你說還有其他跡象證實宙哥在這附近出沒，這話怎麼說？」

「詳細情況等我們回家後再說。而且，我還有話想問妳姊姊。」

「問我姊……？」

我邁開腳步，彩琴也跟了上來。從剛才開始風就停了，但空氣此刻卻晃了一下。茉莉花香在我的鼻尖搖盪。

另一人復活了

客人全都離開了林家，珠英獨自坐在客廳裡。

一看到我們夫妻回到家，她立刻表達關心。

「辛苦了。」

「公車很快就來了，不過我們有到附近去散個步。」

彩琴用辯解的口吻說道。

我隔著桌子在珠英對面坐下。想向她搭話卻猶豫了一下，不知道該如何稱呼才好。最後決定用日語叫她「珠英桑」。日語的敬稱真是方便，台灣的親戚稱謂非常複雜，要是不小心叫錯，臉就丟大了。

「什麼事？」

珠英非常自然地回應我。

「坦白說，我想問妳一件事……。這個問題有點尷尬，可能會不小心得罪妳。但是真的非常重要……。」

「我明白了，你儘管說吧。」

她這麼說。

這個問題實在難以啟齒，我甚至後悔對珠英說出這番話。問題是我已經開口了，總不能把話收回來。看向一旁，彩琴露出了擔心的表情。

「其實是關於陸樞堂先生的兒子，」我豁出去說了，「我聽說，在過去，你們兩人之間，好像，有過戀愛關係。」

「你聽彩琴說的？」珠英反問。

「這個嘛……。」

「沒關係，」珠英說，「夫妻之間就應該把對方家人的情況講清楚，這比瞞著對方好太多了。」

珠英的臉上浮現一絲微笑。喪家嚴禁露出笑容，不過我並不認為她的笑容很輕率。這樣形容有點奇怪，但我覺得那像是「明智的笑容」。

我將她的回答方式和微笑解釋為承認了。於是我繼續問下一個問題。

「照大舅子的說法，戰後，陸宙在重慶郊外意外身亡了。」

「我是這麼聽說的。」

「妳一定很難過吧？」

「謝謝你的安慰。」

珠英刻意把我的問題，理解成安慰的話語。她的答案聽在我的耳裡像是一種挑釁。

「可是，」我加強語氣說道，「陸宙其實沒有死，他還在某個地方活著對不對？」

「你的意思是，家兄說的不是事實？」

「他恐怕搞錯了。彩琴看到長得很像陸宙的人，而且還看到兩次。第一次在基隆，從卡車上面看到的，第二次是在迎雲寺裡面看到的。」

「哎呀，這樣啊……。」

珠英瞄了彩琴一眼，立刻又將目光移回我身上。

「不只如此，」我稍微嚴肅地繼續說，「還有其他有力的證據，證實陸宙還活著。」

「什麼證據？」

珠英保持一貫的平靜。

「那就是大舅子告知陸宙的死訊時，妳完全不驚訝。」

「我不懂你的意思……不過，我的反應比較遲鈍一點……。」

「妳們姊妹不太容易受到驚嚇，這一點我很清楚。可是不只是妳，陸樞堂先生和他的女兒陸杏也是，聽聞陸宙的死訊卻一點都不難過。好歹他是陸先生的兒子、陸杏的哥哥，還有妳的情人耶？」

「是這樣嗎？就算表面上看起來不傷心，或許是眼淚往肚裡吞呀。」

「陸樞堂是一位很沉著的紳士，可是我覺得很不可思議。他聽到兒子的死訊時無動於衷，大舅子是外人，他聽到大舅子的死訊時卻臉色發白。妳也是，我記得妳還昏倒了。」

「因為我聽說家兄遭到槍擊，被這種消息嚇到不是很正常嗎？」

「槍殺妳哥哥的兇手還沒抓到，妳不想替他復仇嗎？」

「那當然……我想啊。」

「假如妳的昔日情人就是兇手，妳也會想要復仇嗎？」

「你的意思是阿宙還活著，而且他殺了家兄？」

「我只是假設。」

「你有什麼根據？」

「我有，」我說，「搜山時，我發現一名可疑男子。我不認識陸宙，不知道那個人到底是不是他。但我就是認為那名男子是陸宙。」

「你的直覺讓你有這種想法嗎？」

「不只是直覺，」我刻意加重語氣堅定地說，「搜山的時候，陸樞堂先生原本戴著斗笠，進入茶業講習所小屋後，那頂斗笠就從他頭上消失了。」

「你的意思是？」

「斗笠可以保護頭部不受陽光直射，也可以遮掩臉部。壯丁們都是二十歲左右、充滿活力的年輕人，其中卻有一個看起來像是三十多歲的人……。不只是年齡，以百姓來說，他的皮膚太白了，也不習慣走山路，走路時還跟壯丁們拉開距離……而且，大家都帶著扁擔或柴刀，唯獨那個人兩手空空。我覺得很可疑就跟蹤他，結果被他順利逃掉了。」

「你是說，那名男子就是阿宙嗎？」

「因為他從陸樞堂先生那裡拿到斗笠，我才會這麼認為。」

我開始覺得疲倦。珠英非常冷靜，這樣的態度給予我壓迫感，讓我逐漸感到疲憊。

「還有呢？」

珠英催促我往下說。

我頓失精力，不想再繼續說下去。

「總之就是這麼一回事。」

語畢，我點了菸，彷彿在要求休戰。

我來這裡是為了守夜，偏偏往生者不在。由於我打算留下來過夜，便走進我被分配到的房間。

我先是深深嘆了一口氣，然後對妻子這麼說：

「妳們姊妹怎麼會那麼沉著，太令我佩服了。」

「是嗎？」

彩琴回答。口氣和她姊姊珠英一模一樣，我聽得很厭煩。

「好了，那我們睡覺吧。」我說。

「太早了。」彩琴說。

「問題是，現在我們也無事可做啊。」

「可以做的事可多著呢！首先，有很多事情，你都必須跟我說個清楚。」

這麼說來，搜山後我就沒有和妻子好好說過話。剛才我對珠英說了搜山時遇到的可疑男子，一旁的彩琴應該也是第一次聽說。我們是夫妻，有許多話確實應該第一個告訴她。我領悟到她冷靜口吻的背後帶有指責，頓時手足無措。

於是我從和崔上校出去散步，一直到搜山的情況，都一五一十說給彩琴聽。她偶爾會答個幾句，除此之外幾乎都是我一個人在說話。

我還告訴她，我在那條狹窄的近路上，忽然解開了「合理的異狀」的謎底——起源於我假設陸宙還活著，而且他早已和陸家父女、情人林珠英取得聯絡。因此，這三人聽到陸宙死在重慶時，並沒有特別悲傷。他們早就知道他活著且人在台灣，對於他這段時間的遭遇，想必也略知一二。意想不到的是，林景維竟然在菩薩山遇害，對此感到最震驚的，無非就是這三個人。

他們三人知道活著的陸宙就躲在菩薩山。山上發生了殺人事件，他們立刻想到兇手說不定就是陸宙，於是慌了手腳……。這是我的假設。

我把這些話全說給彩琴聽。要說的話太多了，直到深夜才說完。結果，隔天早上我不小心就睡過頭了。

櫃子上的少女風格座鐘，指針指著十點。彩琴已經起床了，不過她好像也是剛起床。房間一隅的小桌子上，放著我們夫妻的早飯。鄉下人都很早起，其他人肯定都已經吃過早飯了。

「哥哥好像中午就會回家。」

彩琴看到我醒了，便向我報告。

我到井邊打算洗把臉，發現珠英就在那裡，她似乎在等我。

一看到我，她連招呼也沒打就說：

「陸樞堂先生說想見你，他要你十點半左右到鄉公所去。」

約十點半，時間所剩不多。我趕緊回到房間扒完早飯。台灣的早飯多半是粥，趕時間時吃這個正合適。

十點半，我準時走進鄉公所的大門。

鄉長陸樞堂坐在最裡面的桌子寫東西。直到終戰前，想必彩琴的父親都坐在那個位子上吧？我開口叫了他，陸樞堂便抬起頭。

「你好，不好意思麻煩你跑一趟。請你稍等一下，我馬上結束手上的工作。」

他這麼說。

鄉下的公所無論哪裡都差不多，辦公室內部的桌子間距都很寬，看起來就很空閑。村人會隨心所欲來到這裡，閒聊個幾句再走。在我等待陸樞堂忙完工作的期間，一旁有個男子正在解釋水牛的分辨方式。

水牛似乎可以分成勤勞和懶惰的類型，有特殊技能的人才會分辨。那名男子展現他的博學，解釋有關水牛背部的彎曲弧度、眼珠的亮度等等。

劉巡查從派出所到這裡出公差，也加入了討論水牛的行列。巡查只有一人，待在派出所裡八成很無聊。

「我覺得你在吹牛，你講的話只能相信一半。」

劉巡查針對水牛知識潑冷水。

「你說什麼？你知不知道我研究水牛多少年了？」

水牛學的講師對這番話嗤之以鼻，表示抗議。

「我是不曉得你研究幾年了，但是你的品行不太好。」巡查說道。

「我的品行怎麼樣不好來著？」

「你會吹牛啊！講話時把一分誇張成十分。」

「有意思，我什麼時候吹牛了，你說說看？」

水牛老師的抗議意外強勢，巡查也招架不住。

「算了，無所謂，我不說了。」

巡查企圖逃避，但水牛老師的自尊心受損，才不肯輕易罷休。

「你好像對我說的話感到懷疑是不是？比方說昨天，我在前山步道的山下，我說沒有人從這裡下山，你就懷疑我的說法！」

「我有相信你啊。我還把你的證詞寫進報告書呢！」

巡查放低身段，想要擺脫這個尷尬的場面。

「才怪，沒這回事。你明明歪著頭，一副很疑惑的樣子，休想騙過我。還有，我說我有聽到槍聲，你還是歪著頭。」

「歪頭是我的習慣。」

「是這樣嗎……。」

水牛老師雖然頑固卻很單純，馬上被籠絡了。或許是覺得這麼輕易就放棄，未免太令人惱火。

「總之，沒有人從前山步道下山。還有，我真的親耳聽到槍聲。」

他又補充了這些話。

「你說得對。」

巡查點頭附和，企圖打圓場。

「我啊，才沒有那麼粗心。」水牛老師似乎還不死心，繼續往下說，「假如有人下山，我一定會看到。至於槍聲，我也不是沒睡醒，是真的聽到了。飛機往那邊飛過去，聲音變小之後，清清楚楚聽見砰一聲的槍聲。」

「沒錯沒錯，」巡查迎合他的說法，「只要有風，後山的聲音也會傳到前山來，風會把聲音帶過來。」

「就是這樣！」

水牛老師得意洋洋地說。

水牛鑑別法的專家和巡查的對話，兩位當事人說得非常認真，但旁邊的人聽起來卻相當滑稽。我不由得聽他們的爭論聽到入迷。

「讓你久等了，楊先生，我們一起到外面去吧？」

陸樞堂叫了我，心不在焉的我才回過神。

我們走出鄉公所的大門。天氣晴朗，萬里無雲。像這樣的好天氣，一整年難得有幾天吧。

路邊開著龍船花。有個七、八歲的小女孩追著鵝走在路中央。

「公車要來了，很危險喔！」

陸樞堂和藹地提醒她。臉龐黝黑的小女孩，露出有些害羞的表情。

「我不怕！」

她人小鬼大地回答。

陸樞堂看起來清瘦，其實體格意外壯碩。走路方式也不像超過六十歲的人。大清早還會揮舞繫著鎖鏈的繩子練身體，絕對不是臉色蒼白的普通讀書人。

我向他詢問那條繩子的事。根據陸樞堂的解釋，那是一種昔日的武器，其實最前端應該繫上鉤子才對。那主要是海戰用的武器，用法是將它扔向敵船，用鉤子勾住敵軍的鎧甲，把敵人拉下海。鉤子太危險，於是他換成砝碼，做為體操用的道具。

聊完這個話題，我們不發一語地走了一會兒。過了好一陣子，他才開口說話。

「今天早上，我從林家的珠英那裡聽說了那件事。」

今天早上，珠英一定把我的話轉告給陸樞堂了。

「我非常佩服你。」陸樞堂說。

受人稱讚時，實在不知該如何回應才好。「這樣啊……」我小聲地含糊帶過。

「你的推理真的很厲害，」他沒有停下腳步，繼續往下說，「你真是慧眼獨具，識破了一切，小犬的確沒有死。如同你的推測，搜山後，你跟蹤的人就是阿宙沒錯。讓阿宙戴斗笠的不是別人，正是我。」

「這樣啊。」我說。

「可是，」陸樞堂終於放慢腳步，用更強硬的口吻說：「殺死景維的人不是阿宙，你的推測是錯的。」

我答不上話。

陸樞堂停下腳步，我也跟著停下來。他的臉上浮現了和藹的笑容，沒有一絲嫌惡。

「與其讓身為父親的我來替他辯駁，我認為由他本人向你解釋會更好。信不信由你，你願意先跟阿宙見一面嗎？」

我點頭答應。

陸樞堂又繼續往前走。

「他也說應該和你見個面，把事情的來龍去脈說給你聽。你尾隨他，他好像有點嚇到了……。為什麼他會被當作死去的人，讓他直接說給你聽吧！我想這是解決這個事件的重大關鍵。」

「也就是說，他已經猜到兇手是誰了嗎？」

我問。

陸樞堂搖搖頭。

「目前還沒辦法確切指出兇手是誰，不過他好像已經掌握到對方的動機，因此也縮小了嫌犯範圍……。這個事件，劉巡查應付不來。我們父子想借用你的智慧，釐清這個事件。小犬被你當成嫌犯，既然他遭受波及，就必須親自證明自己的清白。」

我默默跟在陸樞堂後面，朝他前進的方向走去。走了一會兒，我大概可以猜到目的地是哪裡了。陸樞堂正往迎雲寺走去。

「要去迎雲寺對吧？」我問。

「是的，」他笑答，「彩琴在那裡發現了阿宙。你用手電筒照的那個當下，燈光正好打在他臉上。阿宙也知道那個人就是彩琴，十年前她還是個孩子，他認為彩琴應該不記得自己的長相。沒想到他太輕忽了，彩琴的記憶力竟然出乎意料的好。」

「她不知道阿宙還活著，簡直就像看到鬼似的嚇得半死⋯⋯。對了，知道阿宙還活著的，一共有幾人？」

「只有四人。我們夫妻和杏，還有珠英。」

走著走著，終於來到迎雲寺的門前。整棟建築物看起來歪歪扭扭的。走進寺內，那個腐敗的味道撲鼻而來。

「我和楊先生一起來了。」

陸樞堂開口道。

放眼望去看似四下無人，但應著陸樞堂的聲音，一名男子從損壞的佛像群後方現身。他身上穿著很眼熟的美軍T恤。那時候他把斗笠戴得很低，無法看清他的長相，現在看得一清二楚。他的眼神和善，鼻樑很挺，五官俊秀。他長得像父親，身材高大又渾身肌肉。皮膚有些曬黑，應該是這一、兩天曬黑的，並不是經年累月的顏色——他對我露出滿臉笑容。

「你是彩琴的丈夫對吧？」

「是的，」我不加思索立刻回答，「昨天真抱歉……。」

「哪裡，我也不好，」陸宙說，「我偷了你的腳踏車……。」

第一印象真是不可思議。我一看到陸宙，就斷定他接下來要對我解釋的話，就是事實的真相。

迎雲寺會議

陸宙拿來一束稻稈，鋪在地上讓父親坐下。

「可惜這種像樣的坐墊只有一個，」他笑著說，「我們坐這裡吧！」

他指著佛像的台座。

我們就並排坐在那裡。

陸樞堂看著佛像群。

「有七具……。都損壞了，有的整具壞光了，無法修復。」他說。

陸宙把垂在額頭的頭髮往上撩。

「那麼，該從哪裡開始說起呢？」

他的額頭異常的寬。

他所說的話如下。

嚴格來說，林景維並不是受到陸宙唆使才前往大陸。他們是同鄉，在東京住在同一間宿舍。當時他們都是多愁善感的二十多歲青年，是無話不談的好友。

當時的陸宙是一位反抗日本殖民統治的民族主義者。也曾在漫長的秋夜裡，對著林景維訴說年輕氣盛的怨憤。話雖如此，但他並沒有刻意要影響林景維。而林景維是個好玩又悠哉的小鬼頭，陸宙也曾經很羨慕他，若能像他那樣悠哉度日，天下就太平了。

林景維同時也是個善變的人，偶爾會非常激動。陸宙離開東京時，他間歇性的激動也正巧發作了。

「我要去大陸。等你回到故鄉，請你轉告我老爸，要他不用擔心。我想我爸應該會理解。」

陸宙委託林景維，林景維搖搖頭，「我也要去。」他這麼說。

「是嗎——」

兩名青年互相幫助，首先前往上海。他們進學校念書、當日語家教，不久後，陸宙就找到了國民政府交通部的職務。林景維關在家裡一個月，還以為他在認真念書，沒想到忽然變得判若兩人，過著沉迷於舞廳的糜爛生活。即使如此，他在戰爭爆發前還是找到了國立編譯館的工作，在那裡幫忙翻譯日本書籍。

只不過，林景維不知在何時辭去了編譯館的工作。陸宙以為他天生任性，無法堅持下去，曾經勸告過他。沒想到林景維居然面露賊笑這麼說：

「我不是辭職，是被挖角了。我沒有遊手好閒地玩樂，你放心吧！」

至於他的新工作是什麼，他並沒有明說。

隨著政府機關遷移至重慶，陸宙隱約得知林景維的「工作」性質，似乎和軍統局有關。軍統局就是國民政府的軍事委員會調查統計局的簡稱。這個名字聽起來有學術的感覺，但它並不是專門進行紙上統計或調查的那種鬆散的公家單位。「軍統」二字令人生畏，以日本來說，就是兼具憲兵和特務機關的祕密警察機構。

陸宙並不清楚林景維是透過什麼管道進入「軍統局」。總之只要和軍統局有關的事物，都蒙上一層神祕的面紗。根據陸宙的想像，原本是基層職員的林景維，應該是會日語才受到器重。

接下來也是陸宙的想像。林景維在軍統局的工作應該是對日策略。間諜很容易作繭自縛，難逃雙重間諜的命運。趙百文的倒戈，很明顯是日方暗中安排，在重慶幫忙穿針引線的人，肯定是軍統局的相關人員。

陸宙遷到重慶後，偶爾也會和林景維見面。某天，林景維不知為何把重大祕密透露給陸宙。這個祕密就是上面要他擔任趙百文倒戈的中間人。當時他神經衰弱的情況相當嚴重，身邊沒有知心朋友。他八成是受到鉅款的誘惑，為了抗拒誘惑，搞得身心俱疲，否則他不可能找陸宙商量這種事。對個性懦弱的林景維來說，陸宙是唯一一個能夠無話不談的朋友。

「你要徵求我的意見？答案當然只有一個，就是別幹！我們千里迢迢來到重慶，到底為了什麼？我們滿不在乎地來到這裡，絕對不是為了當日方策略的共犯。」

陸宙語帶斥責地說。

「你說得對……」林景維垂頭喪氣，臉色蒼白。他反覆把手抵在胸口或側腹，顯示他真的很亢奮，指尖偶爾還會抽搐。這個時候的他，在陸宙面前將自己的懦弱表露無遺。

陸宙看到林景維的模樣，心生憐憫。若說林景維是自作主張要跟來大陸的，他或許可以推得一乾二淨。但陸宙總覺得應該對他負責。

「你的臉色不太好，暫時休養一段時間比較好吧？」

「沒關係，」林景維虛弱地笑道，「先別說了，我剛才告訴你的事，絕對不可以告訴別人喔。」

「那當然。」陸宙拍了拍林景維的肩膀。

不久後，趙百文將軍「投汪」（向汪政權靠攏）成了不爭的事實。最初，陸宙以為林景維聽了自己的勸告，退出了這個計畫。

不過仔細想想，他開始懷疑事實是否真是如此。在當時的重慶，「投汪」是最嚴重的罪行。戰爭初期公布了「懲治漢奸條例」，「通謀敵國，圖謀反抗本國者」會處以死刑或無期徒刑。因此，所有的「投汪」程序都必須暗中進行。少數人很可能還歃血為盟，不允許中途退出，若有人企圖退出，不惜用暗殺方式也要除去背叛者。所以再怎麼說，林景維都無法輕易退出趙百文「投汪」的共同策略。

趙將軍逃出了重慶。應該有兩、三名人員協助這件工作，與日方的行動前後呼應，但不清楚參與人員到底是誰。

後來，陸宙在重慶也見過林景維，但雙方都沒有提到趙將軍。曾經顯得很憔悴的林景維，也恢復了活力。他原本就是善變的人，也沒什麼好奇怪的。

不久，戰爭結束了，整個重慶生氣蓬勃。人們很快就能回南京、回北京、回上海，回到思念已久的故鄉。戰爭用的儲藏物資也流入市面，不再需要大量囤積。酒館擠滿品嘗勝利美酒的群眾，好不熱鬧。

某天，林景維邀陸宙去他的宿舍。兩人一邊吃著酒菜，一邊有說有笑聊著故鄉的話題。八年抗戰結束了，酒也多喝了幾杯。陸宙似乎是喝多了，頭愈變愈重，覺得很睏……。他的記憶就在這裡中斷了。

陸宙醒來時，發現自己身處荒郊野外。他是這麼以為的。這裡除了自己沒有別人，空無一物。沙漠中只有他一個人，他一動也不動。不對，感覺起來這裡既非沙漠，也沒有天空。但事實並非如此，他聽見了說話聲。

「你醒了嗎？」

毫不掩飾的四川口音。

陸宙的四周開始浮現景象。這裡不是沙漠，他躺在蓬鬆的草上。樹木近在眼前，風把樹枝吹得沙沙作響。還有天空，渾圓的月亮高掛在黑色夜空中。

陸宙坐了起來。眼前的黑暗中，瀰漫著濛濛的白色東西，那是煙。隱約還能看見一點點紅色的東西，似乎是即將熄滅的火焰。

陸宙環視四周，發現身邊有一個人。似乎就是他在半夢半醒間所聽到的，那個操著四川口音的人。

「這裡是哪裡？」他問。

「新定。」對方答。

「那個是什麼？」

陸宙指著疑似煙霧的東西問道。

「你差點就被燒死在那裡了！」大個頭的男子操著四川口音說。

新定是位於重慶郊外的鄉下。

陸宙迷迷糊糊想起，自己原本在林景維的宿舍喝酒。後來發生了什麼事，他一頭霧水。

「那個小屋起火了，你就在小屋裡面。我把你從火場中救出來了。」大個頭男子得意地說。

一大群人在煙霧附近跑來跑去，看起來就像皮影戲。

「失火了嗎？」陸宙問。

「對啊，那個穀倉燒起來了。你在裡面呼呼大睡哪！幸虧我看到煙趕到現場，要是再晚個幾分鐘，你就會燒成焦炭了。」

「原來是這樣……。謝謝你。」

陸宙漸漸弄清楚事情的來龍去脈。在林景維的宿舍喝酒時，酒裡被下了安眠藥。接著他就被帶到郊外並關進穀倉裡，然後遭人放火……。

陸宙立刻就明白原因。只有他知道趙百文和林景維的關係。戰爭結束了，目前大家最關心的就是處罰戰犯與漢奸的話題，林景維一定很介意過去的祕密。話又說回來，陸宙對於企圖將自己殺人滅口的林景維，與其說是感到憤怒，反倒更覺得可悲。

不管發生什麼事，他也不至於會背叛從小一起長大的好友，陸宙做夢也沒有想到竟然會發生這種事。協助趙百文倒戈，是因為林景維個性懦弱，他本人應該不是很積極的叛國賊。

有五、六名男子在眼前的煙霧中動來動去。應該是在澆水滅火吧，滋滋作響後，竄出了好一陣子的白煙。紅色火焰幾乎看不到了。

「喂！」煙霧的一隅傳來說話聲。

「裡面有人！整個人燒焦了！」

所有人都聚集到那裡。

「這裡是放櫥櫃的地方。」

「對，人就在櫥櫃裡面。」

「應該是常見的流浪漢吧？」

「這傢伙八成喝醉了，不知道發生火災，才會被燒死吧？」

「剛才我救了一個人，這傢伙關在櫥櫃裡，所以沒有發現。」

陸宙被人抬到穀倉裡，沒想到穀倉裡有人比他先到一步。

這時候，陸宙開始思考要復仇。假如他裝死，復仇的效果應該會更好？稍微裝神弄鬼就夠了，既然有另一具屍體，肯定會讓兇手放心。

「我有事想拜託你，」陸宙對照顧自己的大個頭男子說：「請你不要告訴別人你救了我。檢查火場後，發現了一具焦黑的屍體——麻煩你就這樣說好嗎？」

大個頭男子一臉詫異。

陸宙摸了摸胸膛，發現錢包並沒有被拿走——看來可以用這個收買對方。

陸宙在迎雲寺裡，壓低聲音說了以上這段話。

「不過，我沒有殺死林景維。」交代過重慶郊外的來龍去脈後，陸宙這麼說：「雖說要復仇，但我並不打算殺了他。我當時的確很激動，可是就算在那個當下，我還是沒有動手殺了他的念頭。相較於差點喪命的怨恨，我更氣林景維的懦弱個性。畢竟我們是從小一起長大的朋友，我只是想糾正他的劣根性。只要利用我這個假鬼魂的身分，給予他有效的打擊，或許就能夠改正他扭曲、懦弱、可憎的個性。至少可以提供機會讓他改過，我是這麼想的。我這麼說或許很虛偽，但我下定決心要進行的復仇，是以友情為基礎的復仇方式。」

我大大地點頭附和。我對他的第一印象沒有變，我相信他所說的每一句話。

「林景維遭人殺害，」陸宙繼續說，「以動機來看，我確實是最可疑的人。但是我並沒有動手。剛才我也說過了，我完全沒有想殺害他的念頭。你願意相信我嗎？」

「我相信。」我堅定地回答。

「謝謝你。」陸宙向我道謝。

陸樞堂什麼也沒說，只是把手放在我的肩上。他站了起來，那是他表達謝意的方式。

「前天傍晚，我躲在林家的後院，趁林景維出來的時候，讓他看見我的身影。」陸宙說。

「啊，難怪……」我回答。我想起在後院遇見林景維時的情景，他確實非常害怕。

「後來，」陸宙笑著說：「我就躲到這裡，結果被你們夫妻趕了出去。於是我先回到家裡後門和舍妹取得聯絡，接著爬上菩薩山，躲在茶業講習所的小屋裡。有兩名軍人留在我家過夜，能夠遮風擋雨又沒有人煙的地方，除了迎雲寺就是山上的小屋。因為我太晚睡，早上睡過頭了，完全沒有聽見槍聲。一醒來就發現有人在搜山，真的很驚訝。」

「我知道阿宙躲在山上，」陸樞堂插嘴道，「我搶在大家之前跑進小屋，簡單扼要向他說明事情的經過，然後把斗笠借給他。假扮搜山人員是意想不到的盲點，我認為這是最安全的方法。」

「家父一開口就問我是不是殺了景維？我聽到這件事簡直晴天霹靂。我一搖頭，家父立刻相信我了。」

「那當然。」我附和道。

「總之，那場火災發生之後，直到前天我才見到他。說是見到，也不過是瞄了一眼。當他得知穀倉中發現一具遺體，大概是鬆了一口氣，馬上就飛去上海了。」

「那後來你呢？」我問。

「我很想馬上追隨景維，偏偏我需要籌措旅費，晚了半年才過去。到了上海，我四處打聽，還是不知道他在哪裡。總之，我沒辦法明目張膽地行動，追蹤林景維也費了一番工夫。當我好不容易掌握到他的消息，才知道他在一星期前回台灣去了。於是我也追隨他的腳步回到台灣。」

「這麼說來，林景維並不是前天才剛回到台灣，而是過了一星期左右才回家？」

「好像是這樣，」陸宙說，「我比他晚一星期才回到台灣，這是千真萬確的。我一踏上台灣就回到這裡，聽說當天林景維才出現在林家。這一星期以來，不曉得他在哪裡蹓躂？」

「那麼，」陸樞堂說，「都在聽阿宙說，接下來該換楊先生說了。畢竟你是發現遺體的人，無論任何事都鉅細靡遺地說給我們聽，然後大家一起思考整起事件吧！」

坐著聽陸宙講話太久，坐得我腰好痠。佛像的台座很硬，我先站起來伸伸懶腰才開始說。

我想告訴陸家父子有關川崎少佐暗中協助趙百文倒戈的事。川崎日記果然打動了他們兩人。陸宙甚至用手心拍了膝蓋。

「有一件事把這三起殺人事件串起來了！」

他有些興奮地說。他在東京留學期間前往大陸，隨著抗戰政府一同行動，是個熱血青年。這個發誓要進行「立足於友情的復仇」的好漢，反應實在很爽朗。

陸樞堂非常鎮靜，用冷靜的口吻對我說：

「我明白了。接下來請你說說，你來到菩薩庄之後所發生的事情好嗎？尤其是發現遺體時的情況。」

我回應陸樞堂的要求，盡我所能詳細地敘述。

我一說完，陸樞堂就像學校老師一樣——

「好，大家一起想想看吧！」

他這麼說。

「要想什麼？思考兇手是誰嗎？」

陸宙問父親。

「沒錯，」陸樞堂回答，「仔細想一想，或許能推測出兇手是誰。」

聽陸樞堂的口氣，他似乎已經猜到犯人是誰了。

陸宙和我並排坐在一起，用相同的姿勢陷入沉思。把手抵在臉頰，手肘撐在膝蓋上，猶如羅丹的「沉思者」。

無論我再怎麼想還是想不通。但是好好想一想，並非無濟於事。有個疑問在我腦海浮現，不是關於林景維遇害的事，而是另一起川崎少佐的殺人事件。

為了調查川崎少佐的事件，有兩名高階軍官從台北來到這裡，卻因為發生了新的事件而不了了之。透過川崎少佐的妹妹吉田太太，我和他之間有了奇特的緣分。因此我很想調查他的死因，還和緒方大佐見面。話雖如此，我並不知道該從哪裡著手才好。老套的搜查方式，就是先調查相關人員的不在場證明。問題是，我實在不清楚和關鍵人物川崎少佐有關的人員，到底含括到什麼範圍。

因此，我並沒有調查不在場證明。應該說我想查也無能為力。唯獨有一人，我問也沒問，他就主動對我說了類似不在場證明的話。而我似乎察覺到那個人的不在場證明並不完善。我是否應該從這裡著手？趙百文、川崎少佐、林景維——假如殺死這三人的兇手是同一人，川崎少佐事件中的可疑人物，應該也是另兩起殺人事件的嫌犯。偏偏這號人物在最後一個事件中卻是清白的，至少在我看來，那個人沒有任何嫌疑，有完美的不在場證明。又或者，將三起殺人事件串聯起來，並假設兇手就是同一人，根本就是一個錯誤？

「怎麼樣？理出一些頭緒了嗎？」

過了一會兒，陸樞堂用要求學生解答般的口氣問兒子。

「我鎖定嫌犯了，」陸宙回答，「可是，我只有針對動機去深究，那個人有沒有機會殺人，就另當別論了……。起碼從動機去探討，我可以舉出一個人的名字。」

「楊先生，你呢？」

陸樞堂朝我問道。

「沒辦法，」我說，「我還是不知道。關於林景維的事件，我毫無頭緒。假如是上一起的川崎少佐事件，我有想到一個有點可疑的人物。」

這時候，窗戶那裡傳來人的動靜。

我們三人頓時全身僵硬。我立刻站在陸宙的前面，企圖把他遮住。此時，門口傳來女性壓低音量的說話聲，我這才鬆了一口氣。

「哥，我送午飯來了。」

說話的人是陸杏。她偷偷潛入寺內，手上拿著很像便當的東西，還用報紙包起來。

一知道是她，我們都鬆了一口氣。陸樞堂咳了一聲，把剛才被打斷的話繼續往下說。

「我也可以舉出嫌犯的名字，不過我不知道楊先生和阿宙想到的人，和我想到的是不是同一人。要不然這樣好了，我們把各自想到的人名寫下來吧？然後對答案再討論……。」

陸樞堂把手伸向女兒手上的那一包報紙，從邊緣撕下細細的一長條。那是報紙的空白邊條，他把紙條撕成三份，遞給我和陸宙一人一條。

陸樞堂用鋼筆在手上的紙條迅速寫下一些字，並且將紙條翻面。陸宙也在紙條上寫了字，像父親一樣翻面。但是我沒有帶鋼筆。

「我沒有帶筆。」

陸樞堂不發一語地把鋼筆遞給我。我接過筆，在紙條上寫下某個人的姓氏。

「這樣好了，把紙條交給杏吧！」陸樞堂這麼說，把自己的紙條交給杏。

陸杏從我和陸宙手上接過紙條。

「杏，上面寫了誰的名字？」

陸樞堂問道。

陸杏望著手心中的三張紙條，深深吐了一口氣。

「三張紙條上寫的都是同一個名字。」

後來，我們在迎雲寺又討論了半小時，隨後把陸宙獨自留下，離開了那裡。正中午的陽光分外刺眼。

下午，陸樞堂有事前往台北。他前腳剛走，林景維的遺體就回到菩薩庄，正巧與他錯開。崔上校和葉中校跟著遺體回來，五龍鄉的李醫師也陪同在側。李醫師是第一個檢查遺體的醫師，也以見證人身分參與了驗屍。

我在林家的客廳聽李醫師談話，珠英和彩琴也在場一起聽。不過，岳父母說不想聽，沒有出面。理由是反正聽再多解釋，兒子也不會死而復生。

疑似讓林景維致命的子彈，只有打在心臟下方的唯一一槍。這一槍是否致他於死地，醫師之間意見分歧；因為子彈射得有點偏，並沒有直擊心臟。有醫師說太陽穴的毆傷才是致死關鍵，可信度也很高。反對者則認為他應該是先挨揍，倒地後才被兇手補上一槍。子彈口徑很小，應該是小型手槍。崔上校和葉中校掛在軍裝上的，疑似是從日軍那裡接收來的大型手槍。

太陽穴的傷口，推測是有銳角的鈍器所造成的。

「等令尊冷靜下來，就像這樣大概解釋給他聽……。假如他堅持不聽，就不要勉強說給他聽。」

李醫師解釋完，留下這句話之後就回去了。

那兩名軍人把椅子搬到後院的樹蔭下乘涼。雞鴨在他們腳邊悠閒地啄食。

客廳桌上有一本上海發行的雜誌，應該是他們其中一人在車上看過的。我拿起雜誌翻看，裡頭刊登了漢奸判決的報導。

戴笠撞機殞命

肅奸情勢大變

標題用碩大的活字分成兩行。

戴笠這號人物因飛機失事身亡，肅奸（肅清漢奸）的情勢產生了驚人的改變。

戴笠是軍統局局長，也就是祕密警察的首領。他是蔣介石的得力助手，論權力論氣勢都無人能及。所有的政府機關中，蔣介石最信任的就是軍統局。甚至可說除了軍統局之外，他不相信任何單位。戰後，戴笠成為「肅奸」的最高負責人。

雖然都稱為漢奸，但有人得到重慶方面的私下承諾，也有人被重慶指派進行諜報或破壞活動。他們接受軍統局的密令，高階人員應該是由戴笠親自下令。戴笠擁有相當大的權力，卻跳脫不了所有祕密警察機關首長的通病，有獨裁、祕密主義的傾向。太致力於保密，導致他將一切都藏在心底。不信賴他人，或許就是祕密警察的宿命。三月十九日，戴笠搭乘的飛機，在南京郊外離奇地撞上與他同姓的「戴山」。他一死，所有祕密也石沉大海。接受重慶的密令，潛入汪政權的到底是誰，只有戴笠一個人知道。

雜誌上刊登了這樣的漢奸概述，還有陳公博和陳璧君的審訊情況。

汪精衛的夫人陳璧君，於四月十六日進行審判。據說她站在法庭上，絲毫不減平日的傲慢。被告當中有人請求法官酌量減刑，說加入汪政權是迫不得已，也有人泣訴他和戴笠之間有密約。然而她態度堅決，不談論自己的事情，以汪政權是一個政治問題而非法律問題的觀點去辯論。

這位身穿黑色旗袍、戴著眼鏡、圓臉的中年婦女，自始至終都充滿攻擊性。雜誌上寫著「她抨擊當局，嘲笑法官，有時甚至接近申斥。經常使得檢察官韋維清狼狽不堪」。

她昂然地說：

「說汪精衛賣國，重慶統治下的地區，由不得汪先生去賣。汪政權統治下的地區，是中國的淪陷區，也就是日軍占領的土地。並無一寸之土，是由汪先生斷送的。淪陷了的土地，只有從敵人手中爭回權利，還有什麼國可賣？日軍攻擊廣州時，高階長官聞風而逃不是嗎？豈盡過守土之責？相較之下，我們不過是赤手收回淪陷區，而又赤手治理之。」

她辯論時，旁聽席甚至響起持續不斷的掌聲。

四月二十三日，陳璧君被判處「無期徒刑」。聽到宣判，她對法官這麼說：

「我對這個判決當然不服，但我絕對不會上訴。即使上訴，結果也會和初審一樣。」

就這樣，她被送進了蘇州獅子橋的江蘇第三監獄服刑。

陳璧君被判無期徒刑算是特例，國民黨的元老應該有特殊考量吧。以陳公博為首，王揖唐、殷汝耕、梁鴻志、褚民誼、梅思平、繆斌、丁默邨、林柏生等汪政權的幹部，這些象徵性人物幾乎都難逃死刑。

假如趙百文被捕，肯定也會判處死刑。因漢奸審判被判處死刑的人超過三百人，無期徒刑則多達千人。除此之外還有軍事審判，因軍事審判被判處死刑的人將近兩千五百人。就算沒有在台北遇害，趙百文也難逃一死。台灣納入中國版圖，許多人知道他的長相，無論他再怎麼低調也難逃法網。為什麼非得十萬火急地殺死一個遲早會死的人?答案很明顯,有人會因為消滅趙百文而得到利益——應該說,有人不這麼做就會有生命危險。

擺放林景維遺體的房間,傳出了些微的哭聲,好像是彩琴的母親。他們已經派長工通知住在附近的親戚,說遺體已經送回來了。不久後應該會有許多人來弔唁。有義務負責哭泣的女人們,肯定又會圍在棺木旁,發出嘈雜的哭嚎吧。

我看完雜誌後便來到院子。剛才在迎雲寺聽到的話,狠狠地扎在我的胸膛。陸樞堂的解釋讓我認同。雖然明白了一切,但我心中的疙瘩還是沒有全部消除。一種落寞的感覺,在我心中發出乾澀的聲響。每響起一次,我的胸膛就會陣陣刺痛。

我在東京念書,大學畢業後進入公司任職。稱不上平凡,但日子也算過得平穩。這八年之間,另一塊土地上發生了別的事情,人與人之間有了異常的糾葛。不只是人與人之間的鬥爭,每個人也在心中和自己對抗。受傷的人淌出汩汩鮮血,在我眼前做出最後的掙扎,那模樣令我不忍直視。

不知從何處飄來茉莉花香。然而茉莉花香也無法紓解這股淒涼的情緒。

在樹下乘涼的兩名軍人,朝這邊慢慢走來。

葉中校經過我身邊時向我搭話。

「聽說明天會辦葬禮，這戶人家肯定會很忙，也辛苦你了。」

「是啊……」我回答，「兩位要去哪裡？」

「總不能一直休息下去，」崔上校答道，「我們要去鄉公所。川崎少佐的事件不但一點頭緒也沒有，接著又發生這次的事。不過話說回來，這次的事件或許不歸我們管……。」

「而且，我們也必須著手安排讓兵舍的日軍遷到基隆……。」

葉中校說。

兩名軍人並肩朝馬路走去。

我在林家附近閒逛了好一陣子。腦海中浮現許多事物，卻理不出個頭緒。合乎道理的想法竟然不夠堅強，無法克服這種難以言喻的哀傷。

相較於哀悼大舅子之死，更深刻的傷感襲擊著我。之前不知道兇手是誰，沒有這樣的感觸。現在知道了，哀傷的情緒便湧上心頭。

緒方大佐從對面走了過來。身穿軍裝卻沒有掛軍刀，感覺有點空虛。

為了擺脫沮喪的心情，我率先向他搭話。

「您好，緒方大佐。」

緒方大佐原本板著一張臉，像是在生氣，看到我就露出笑容。

「啊，是楊先生。我要去林家弔唁……還有，我就快要回國了，順便去打聲招呼。」

「搬遷的時間確定了嗎？」

「是啊，明天應該能出發去基隆……不過，那個事件沒有解決，說不定會被挽留下來。」

緒方大佐顯得有些憂鬱。

「您放心，」我替他打氣，「明天一定可以出發！」

「若真是這樣就好了……」緒方大佐說，「總之，最近我就會回國，長久以來受到林先生照顧，一定要打聲招呼才行。我和林家主人在戰爭期間來往得非常熱絡，戰爭結束後，他好像變得不怎麼喜歡我去拜訪他……久而久之我就很少去找他了。不過，我就要回國了，一定要通知他一聲。」

我在彩琴的父親身上，看到被時勢左右的人有多麼悲哀。因為家裡出了叛國賊，不得不積極協助日本；戰後的情勢改變，原本是叛國賊的兒子成為贖罪券，疏遠了來往熱絡的日軍——對台灣鄉下具聲望的人士來說，這樣的生存方式再普通不過了。整個台灣現在不曉得有幾百個像岳父這樣的人。

我忽然好想見陸宙。我並沒有事情要找他，只是想跟人說說話。這個對象最好是跟我一樣明白這個事件的所有真相，能夠對這份哀傷有所共鳴的人。

我前往迎雲寺，和他聊了好幾個小時。話題則是以剛才討論的結果為主。

「既然真相都已經明瞭，應該沒什麼大問題了吧？」陸宙說，「剩下的就是該怎麼善後了。」

陸宙知道該如何排解傷感。若能學會怎麼做，人生想必能過得更暢快。我對傷感沉澱在心底無法散去的自己感到不耐煩。

離開迎雲寺，手錶上的時間已經過了四點。回林家的路上，我臨時起意想繞去鄉公所看看。

去了鄉公所，發現陸樞堂早已從台北回到菩薩庄。

「我剛從台北回來。」

陸樞堂滿臉微笑地說。從他的笑容就能得知，他的計畫進行得非常順利。不爭氣的我，卻無法讓身體停止顫抖。

「喝杯茶再走吧，」他邀我坐下，「反正你回林家也幫不上忙。」

他說得很對。林家正忙著籌備喪事，我是派不上用場的多餘人物。我自己也不想提早回到充滿女人哭聲和刺鼻線香味的林家，於是我聽從他的話坐下來，還喝了茶。

問題是我不知道接下來該說什麼才好，實在聊不起來。默不作聲，只能一直灌茶——我們聊了一陣子天氣，馬上又中斷了。陸樞堂也不知道該和我聊什麼才好，看起來十分為難。

那兩名軍人面對面坐在角落的桌子振筆疾書，大概是在寫報告。

不發一語呆坐著也很難過，最後我實在待不下去了。

「那我告辭了。」

語畢，我站起身。

就在這時候，有個身穿軍服的高大男子，從鄉公所正門走進來。

「鄉長在嗎？」他用北京話問道。

他的年紀大概不滿五十歲，態度風趣。正門附近的書記隨口答道：

「他在裡面，你找鄉長有事嗎？」

書記用輕鬆的口吻說著不太標準的北京話。

「我想見他。」那名男子說道。

意想不到的是，原本在寫東西的葉中校，看到走進鄉公所的男人，趕緊站了起來。

「這不是王少將嗎？」他這麼稱呼。

「哦哦，是葉少校啊，你好你好……不對，你已經晉級為中校了。」

這名男子無視旁人，一面大聲講話一面走近葉中校。

他穿的軍裝是布料很薄的便宜貨，階級章卻是少將。

崔上校也跟著站起身。他和王少將似乎是第一次見面，葉中校替他們互相介紹。

「我是這裡的鄉長，請問找我有什麼事？」

陸樞堂走近客人問道。

「噢噢，你就是鄉長啊？」

他的發聲方式旁若無人。王少將主動伸出手，兩人便握了手。

「不瞞你說，我今天想住下來。」

王少將說。

「您不嫌棄的話，不如來住我家吧……。」

陸樞堂說。事情發生得太突然，他好像有點為難。

「隨便住哪裡都好，睡倉庫角落也行。戰爭期間我老是露營，只要有屋頂就可以睡得很舒服！」

王少將說完就放聲大笑。身材瘦削卻有豐沛的肺活量，真是人不可貌相。

「您到這裡來有什麼事嗎？」

葉中校問道。

「明天我要帶這裡的日軍去基隆，我來辦相關事務。」

「終於要正式遷移了啊，」葉中校說，「我們奉命要查驗名冊和人員。」

「實際的遣送工作由我負責。不過那是明天的事，今天有挖山的工作。」王少將對陸樞堂說：「鄉長，麻煩你借我十個年輕人好嗎？我們要挖山。」

「到底是怎麼一回事？」

陸樞堂問。

「不知道是有人投書還是密告，聽說菩薩山裡埋有裝著寶石的箱子……。我想是有人胡說八道，但畢竟是任務，還是得調查一番。」

「菩薩山很大，挖起來很辛苦喔。」

陸樞堂說。

「還好啦，我們知道大概的範圍，只是要挖挖看而已。以往也聽過日軍把武器埋在某個地方，或是台灣製糖把金塊藏在某處的消息，光是我負責的案件，大概就挖了二十次吧。」

「有挖到什麼東西嗎？」

陸樞堂問。

「這二十次之中，竟然什麼也沒挖到。這種消息絕對是道聽塗說，但只要有人提供消息，我們就不得不查證。這時候必須請當地人到場見證。雖然會麻煩到鄉長，但是我要拜託你當見證人。」

王少將這麼說，把手伸進口袋並抽出一張紙。

葉中校和我一左一右看著那張紙。那是警備司令部發的公文，紙上還蓋著很大的官印。

「這是警備司令部的公文。」

王少將漫不經心地把那張紙交給鄉長。陸樞堂接下那張紙，仔細看過一遍才抬起頭。

「非得今天不可嗎？」

「可以的話，我希望今天就做。明天有遣返日軍的工作。」

王少將回答。

「這個嘛，不曉得能不能召集到這麼多人……。」

陸樞堂陷入沉思。

「反正是假消息……。明天的話，一大早也可以……明天一起解決兩件工作也好。」

「明天早上可以的話，今天之內我會湊齊人數，並且聯絡妥當。」

陸樞堂說。

「那就這麼辦！話說回來，這裡真是個好地方。」

「只是個鄉下地方。」鄉長謙虛地回答。

「沒這回事，我就不想住城裡，我決定今天還是留下來過夜！」王少將對那兩名軍人說：

「你們今晚打算怎麼辦？」

「今天還是要回台北，」葉中校回答，「今天之內必須寫完日本軍人殺害事件的報告，遣返日軍要聽從上級指示。明天早上恐怕得再跑一趟。」

「這樣啊……。」

王少將掏出手帕，擦去額頭的汗水，然後搓了搓脖子。

「對了，」王少將像是想起什麼似的，「我很瘦，不管摸哪裡都是骨頭，後腦勺……就是頭頂下方一點點的地方，這裡是凹下去的，大家都和我一樣嗎？崔上校你呢？你很胖……。」

崔上校把手往後伸，摸了摸後腦勺。

「有啊，確實有一點凹陷。」

「這樣啊……。原來就是那裡啊。」

「怎麼了嗎？」

崔上校問。

「沒事，沒什麼……。」

從剛才講話就很坦率的王少將，難得支吾其詞。

遣返日軍是結束日本統治台灣五十年的善後工作。趙百文將軍、川崎少佐、林景維的連續殺人事件，接下來也必須進行善後。

落幕

傍晚，我目送崔上校和葉中校搭上公車後才返回林家。然後我向妻子解釋了事情的來龍去脈，請他們早一點準備晚飯。

難得計畫已經準備得如此周全，絕對不能在最後一步失敗。畢竟我們採取了完善的措施。

我前往迎雲寺，發現陸宙躺在佛像的腳邊。

「時間好像還早吧？」

他看到我便這麼說。

「我怕有什麼萬一。」

「那我們就出發吧，」陸宙坐起身，「枉費我在菩薩的裙子底下睡得正舒服呢！」

陸宙正巧把頭躺在破舊卻最是豔麗的文殊菩薩腳下。

我們登上菩薩山。目的地是發現林景維遺體的那一帶。

那個凹陷處的上方是平緩的斜坡，相當於菩薩的寶冠部分，長著油杉和相思樹。我們爬上那個地方，趴在相思樹根部，仍舊可以從雜草之間俯視那塊窪地。

我們平躺下來，壓低音量聊了很多事情。據陸宙說，他原本計畫裝神弄鬼嚇個林景維幾次，然後趁他快要崩潰時再露出真面目。

「我原本打算好好整整他的。」

陸宙遺憾地說。

明明死於重慶郊外的陸宙，突然出現在眼前，我可以想像林景維當時的表情。

我們聊的話題不斷更換，聊得最久的，就是關於我們的故鄉台灣的將來。

「我剛回來，還沒有進入狀況，但是行政長官公署這個名字，我實在不喜歡。」陸宙說。

我也有同感。在中國，任何省份的行政機關都是「省政府」。唯獨新納入版圖的台灣，將省政府稱為「行政長官公署」。行政長官的職稱冠上「公署」二字，不但有獨裁的感覺，還讓人聯想到日治時期的「總督府」。這種做法跟在總督這個職稱後冠上「府」這個字沒什麼兩樣。事實上，行政長官就是中國版的總督。總督一手掌握行政與軍事兩者，企圖承襲統治殖民地的方式。台灣民眾好不容易才脫離殖民統治並回到祖國懷抱，無不欣喜若狂，現在卻又……。

「我們台灣人有多麼抗拒殖民統治，蔣介石恐怕不知道吧？」我說。

「他怎麼可能知道！」陸宙不屑地放話道，「再說，現在根本沒空管這麼多。」

國民政府正忙著應付共產黨，確實忙得不可開交。

「話說回來，那些人沒有提出任何建議嗎？」我問。

我說的那些人，指的是重慶的「台灣革命同盟會」的台灣人。

「他們忙著搶官位啊！不趕快趁現在分一杯羹，最後就只能撿殘渣了。」

陸宙氣憤地說。

他的音量愈來愈大，我有點擔心。

我們並不只是單純躺在窪地裡，而是在這裡躲藏。

一小時過後，背後的草叢突然傳出沙沙聲。剎那間我屏住了呼吸，但我聽見有個低沉的聲音從那個方向傳來，並且呼喚陸宙的名字，於是鬆了一口氣。那個人是陸樞堂。

陸樞堂不是一個人，王少將也和他一起來。

「我們在那一邊守著，」王少將說，「分成兩隊人馬比較好……。率先衝出去的任務，就交給年輕人了！」

在鄉公所的時候，王少將不斷地大聲講話。現在卻壓低音量竊竊私語，感覺有點奇怪。陸樞堂和王少將躲在距離我們很遠的地方。從那裡也可以看見那塊窪地。

又過了一小時。

我有點擔心，小聲問陸宙：

「對方真的會來嗎？」

「一定會。」陸宙也壓低聲音回答我。

「王少將的暗示，他聽得懂嗎？」我還是很擔憂。

「放心吧，」陸宙說，「他不是有說後腦勺的凹陷嗎？那傢伙肯定聽得出來。」

我們的所在位置是菩薩山的後山。後腦勺的凹陷，指的就是眼前的窪地。王少將說出了暗示，「那傢伙」到底會不會察覺到這一點？

「那傢伙」遲遲不現身，我感到非常不安。

持續抬頭也讓我愈來愈痛苦。連續抬頭好幾個小時，脖子都快斷了。我把臉朝下，雜草沾上我的臉。鼻頭的前方就是土壤，每吸一口氣，土壤的味道就進入我的肺部。

我心想，這就是故鄉的味道。有點潮濕，但絕非腐敗的味道。這是貪婪而且具有旺盛生命力的味道。油杉和相思樹、榕樹和雜草，大家都是這片土地孕育出來的……。我把雜草拂倒，露出土壤，把臉頰按在土壤上。有東西透過土壤滲透到我的體內……。這就是生命力嗎？

天空晴朗，月光分外明亮。感覺比傍晚還要亮。看向一旁，陸宙正用手指玩著土壤。兩名上了年紀的男子，就在距離我們稍遠處。不過他們一動也不動。我對王少將的第一印象，是個開朗又愛講話的人。但是他現在不發一語，安靜得很。我看不見他的模樣，對他的第一印象卻慢慢產生了變化。

——「那傢伙」真的會來嗎？

有好幾次，我都有股衝動想問陸宙這個問題。可是我沒有說出口。

某處傳來長得像鷓鴣的竹雞的叫聲。大家都說牠的叫聲很像黃鶯，我卻不這麼認為。連鳥的叫聲都很台灣味。

……不知道等了幾小時。當我聽到些微的腳步聲從聯絡道路傳來時，不由得動了一下手。我的手揮到雜草，發出輕微的聲音。身旁的陸宙抓住我的手。

——安靜！

他應該是想對我這麼說。

發出腳步聲的人，出現在轉角處。

那名男子穿著軍裝。軍帽戴得很低，看不見他的長相。

我的全身開始微微顫抖。我抓住草，拚命想抑制住身體的抖動。殺人慘劇現在拉開了最後一幕，登場角色在窪地停下腳步。

那名男子手上好像拿著什麼。我稍微抬起頭偷看，陸宙按住我的脖子，應該是要我別抬起頭。不過我看出男子手上拿著鏟子。

我把下巴擱在土壤上，對方站在窪地裡，只能看見他肩膀以上的部分。那名男子似乎是匆忙趕到這裡，急促的呼吸讓他的肩膀不斷上下起伏。不久，他的手終於伸向軍帽。他隨手摘下軍帽，用帽子擦了臉和下巴附近……。就在這時候，月光照亮了他的臉。連患有近視的我，都認出那是臉色蒼白的葉中校。

我差一點情不自禁叫出聲。我奮力把聲音鎖在喉嚨，抓住雜草的手太過用力，結果不小心連根拔起。草沙沙作響，我嚇得往旁邊一看。但這一次陸宙沒有給我任何警告。他也微張著嘴，凝視著前方，同時壓低聲音說：

「怎麼不是那個人？」他喃喃說道。

——的確不是。他並不是我們期待已久的對象。

陸宙在我耳邊小聲說。與其說是講給我聽，他的口氣更像是在說給自己聽。

「我們再觀察一下。」

原本看得到葉中校肩膀以上的部分，過了一陣子就只看得見他的頭頂了。軍帽也戴回他的頭上。鏟子挖土的聲音響起。下一刻，葉中校的軍帽往上抬了一下，緊接著又往下沉。

這樣的動作重覆了好幾次。

唰、唰、唰……。

鏟子的聲音終於漸入佳境。甚至讓我有一種彷彿正在睡夢中聽著這個聲音的錯覺。

我的手臂忽然一陣疼痛。一回過神，發現陸宙正一把緊抓住我的手臂。他的力氣超乎尋常的大，肯定是一種暗示。

「來了……。」陸宙用幾乎快聽不見的音量說道。

我看向前方。

不知何時，有個人出現在努力用鏟子挖土的葉中校後方。那名男子穿著偏白的衣服，沒有戴帽子。我看不清楚他的長相，但從他胖碩的體格看來，絕對是崖上校錯不了。

葉中校似乎不知道崖上校就站在自己身後。他聚精會神地用鏟子不停挖土，偶爾用手背抹去額頭上的汗水，非常專心。

「果然沒錯……。」我也低聲回應陸宙。

我看見了崖上校的臉——錯不了。我清楚看見他的嘴唇歪斜，雙頰還浮現淺笑。事後仔細想想，我有近視眼，根本看不清楚變化得如此細膩的表情。想必是格外受到刺激的想像力，彌補了我的視力。

崖上校是否有在這個時候向葉中校搭話，我並沒有聽見。然而，原本專心挖土的葉中校，忽然停下手回頭了。或許是感受到背後有動靜吧。

「你好全神貫注喔。」

崖上校對回頭的葉中校說了這句話，連我都聽見了。

「啊，崖上校……。」

我們從後方偷看葉中校，看不見他的表情，但從聲音可以想像得到他有多驚恐。很明顯的，他完全沒有料想到崖上校竟然會出現。

「你在做什麼？」

崔上校問道。

我聽不見葉中校的回答，或許他在嘴裡嘟囔著吧。

陸宙把頭抬得很高，偷看著下面的情況。我也仗著有相思樹樹幹做掩護，撐起了上半身。

這麼一來，就能看到面向我們的崔上校的上半身。我又把頭抬得更高一些，便看見他手上拿著類似波士頓包的東西。他稍微彎下腰，大概是把東西放到地上吧。這時候，我看見了他的頭頂，正中央的頭髮很稀疏。

「有挖到寶藏嗎？」崔上校問。

「不，還沒有……。」

葉中校回答，聲音聽起來可憐兮兮。

「是不是還要再挖深一點？」崔上校說。

「應該是吧……。」

「給我挖，給我繼續挖！」

崔上校用命令的口吻說。

葉中校扭扭捏捏的。

「真的是這裡嗎？」

葉中校的聲調聽起來沒什麼自信。

「就是這裡沒錯。」崔上校斬釘截鐵地回答。

「崔上校您也這麼認為嗎？」

「所以我才會來這裡啊。」

「這樣吧，如果挖到了，我們一人一半怎麼樣？」葉中校說。

「這麼做比較公平。」

「那我就繼續挖吧……。」

崔上校看了手錶。

「任何事情都要講求公平，我們輪流挖吧。一個人挖十分鐘好了。」

葉中校又開始繼續挖土。

等待的時間非常漫長。我強忍住緊張導致的顫抖，盡可能不要亂動。我可以感受到，一旁的陸宙也心急如焚。我們年輕氣盛，另外兩位上了年紀的長輩則是徐緩如林。或許因為他們經歷過漫長的人生，學習到有些事情急不得。我明明知道他們躲在哪裡，卻連我都看不出來那裡有躲人。我完全不曉得期待已久的機會，會在何時來臨。

還以為早已經過了很長一段時間，但那兩名軍人還沒換手，應該還過不到十分鐘。

唰、唰、唰，鏟子單調的聲音，彷彿會持續到永遠。過了一會兒，這個聲音突然中斷了。

「挖到了嗎？」

崔上校說。

「鏟子好像撞到東西了。」

葉中校回覆的聲音，因興奮而微微顫抖。

「再繼續往下挖。不知道會挖出什麼，好令人期待啊！」

崔上校的口氣，聽不出一絲興奮，始終維持一貫的冷靜。

鏟子的聲音再度響起。

不久，鏟子的聲音停下，葉中校的頭不見了，似乎是蹲了下去。

「咦？這是什麼？」

他應該是在檢查鏟子挖到的東西。

「哇！」葉中校大叫，「這是鏟子啊……。怎麼會這樣！」

「哦哦，鏟子挖到另一把鏟子啊……。」

崔上校邊說邊往前踏出一步，接著彎下腰。我以為他打算把挖出來的東西瞧個仔細，但是我猜錯了。下一秒鐘，一聲槍響後，緊接著是人的低吟聲。

趴著偷看的我，只要對方蹲下去，我就看不見對方在做什麼，而且是兩個人都看不見——槍聲響起後不久，只有一個人站了起來。

那個人是崔上校。

「結束了！」

聽到崔上校的自言自語，我不由得全身發抖。

我們等待已久的並非這種局面。不只是我，肯定連陸宙都料想不到會發生這種情況。我和陸宙一動也不動。

崔上校稍微歪了一下身體，手動來動去。看來是把手槍收進口袋裡。

「就用這個吧……。」崔上校喃喃說著。他先是蹲下，然後又站起身。他把鏟子撿了起來。

唰、唰、唰……。

同一把鏟子換到不同人的手裡，開始像先前那樣發出單調的聲音。

「把手舉起來！」

吼叫聲劃破夜晚的寂靜。

王少將不知何時跳了下來，手上還舉著槍。說要讓年輕人率先衝出去的他，按捺不住就跳出去了。

王少將從斜側方舉槍瞄準崔上校。從崔上校的姿勢來看，他應該正把鏟子插入土裡。

場面靜止了一剎那。

我也打算站起身，卻在中途就停下動作，甚至忘記呼吸。

「啊！」叫出聲的人是王少將。

我雙膝跪著撐起上半身，這麼做就能將窪地看得一清二楚。崔上校果然已經把鏟子插入土裡。他沒有舉起手，而是順勢舉起鏟子，彈起的土塊便飛到王少將身上。

沙土進了王少將的眼睛，他整個人向後仰。緊接著，鏟子從崔上校的手中飛了出去，不偏不倚地擊中王少將的手。王少將手中的槍被彈飛，滾落地面。

剎那間，雙方的優勢互換。崔上校迅速地從口袋掏出手槍。

有個黑影閃過我眼前。陸宙衝了出去，我也跟隨他跳入窪地中。

被對方用槍瞄準的王少將高舉著雙手。雖然我們跳進了窪地的另一側，但落地時想必是發出了很大的聲響，崔上校轉身看著我們。

我們三人將崔上校團團圍住。

面對意想不到的敵人，崔上校顯得很驚訝，但立刻恢復原本的冷靜。他一面緩緩轉著手槍一面說：

「這把是六連發手槍。已經用掉一發子彈，剩下五發。三個人……。子彈很充足。誰敢靠近，我就開槍！」

我們動彈不得。

「你就是協助趙百文投汪的中間人吧！」

一旁的陸宙大聲問道，我嚇出一身冷汗。不出我所料，崔上校果然把槍朝向我們。

「住口！」

崔上校這麼說，手指已經扣在扳機上。槍口雖然對準陸宙，但我就站在他身旁，嚇得全身血液幾乎都要凍僵了。

就在這時候，崔上校做出奇怪的動作，扭曲著身體。我還以為他突然發病開始跳舞。槍聲響起，土壤揚起煙霧。崔上校的槍擊中了地面。

崔上校不知所措地亂動。

我瞪大了雙眼。鐵鎖鏈纏繞在他身上，他的表情非常猙獰，平常那個敦厚的容貌早已從他臉上消失。他踉蹌了幾步，努力想要站穩卻招來不幸。他失去重心，搖搖晃晃地倒下。他倒下的地方是步道邊緣，而下面是斷崖……。

「哦哦！」

我聽見了發自肺腑的慘叫。慘叫聲消失在斷崖之下。

我仰頭望向站在窪地正上方的陸樞堂。

「因為他拉了繩子，我只好放手。」

陸樞堂用一如往常的口吻說道。

「這樣就好，」王少將說，「你不放手就會受到連累，被他一起拉下去共赴黃泉。」

我們四人朝斷崖下看。那裡是相當於菩薩肩膀的部分。四處都有大塊岩石，距離步道至少有三十公尺以上。

岩石和岩石中間的白色物體，疑似就是崔上校。我憑藉著月光，俯視那塊白色物體好久好久，但他動也不動。

「看來他確實死了。」

王少將這麼說。他從褲子口袋掏出手帕，按在額頭上，然後慢慢挪動。他的動作有如舞台上的演員，每個動作都區分得清清楚楚。

簡直就像一齣戲。我們是戲中的角色，而這齣戲現在落幕了。這一刻猶如最後一幕出場的演員，站在台上靜待布幕放下。不知何時，雲遮住了月亮。四周逐漸變暗，正如布幕放下的感覺。

「結束了！」

王少將這麼說，像是在宣告什麼似的。

三把鑰子

在迎雲寺，陸家父子和我三個人，用報紙留白處寫下的就是「崔」這個字。

「理由是什麼呢？」

這時候，陸樞堂首先問了兒子。

「我剛才也說過，我只是針對動機去思考。」陸宙回答，「串起趙百文、川崎少佐、還有林景維這三人的線索，除了戰爭期間的趙百文『投汪』事件，沒有別的。趙百文若遭到逮捕，肯定會判死刑。殺死一個絕對會被判死刑的人，肯定是因為有不得已的理由，非得在他判刑之前殺了他。趙百文若被送上法庭，或許會供出和自己『投汪』有關係的人名，到時候這個人物也會跟著完蛋。川崎少佐在日記裡寫了C活動，他是日方的相關人員。警備司令部傳喚了川崎少佐，我認為他們只是要進行偵訊，所以並沒有立刻逮捕他。但是，假如他在偵訊時說了趙百文『投汪』的事情，就會對某人不利。我也推測林景維和趙百文倒戈有關，於是他也成了某人的眼中釘……。這意味著兇手是趙百文投汪的相關人員，而且很可能是和軍統局有關的人物……。我說的沒錯吧？」

「應該就是這樣沒錯，」陸樞堂點頭附和，「不過，為什麼你會推測這個人是崔上校呢？」

「兇手絕對是戰爭期間待在重慶，現在也領政府薪俸的人。但是菩薩庄的居民中，並沒有這樣的人……。除了湊巧來到這裡的那兩名軍人。」

「於是你將嫌犯鎖定在這兩名軍人當中？」

陸樞堂說。

「是的。若要兩者擇一，我選崔上校。」

「理由是？」

「我認為兇手是軍統局的人。於是我就思考，這兩人之中誰比較有可能是軍統局的人。一開始我懷疑是葉中校，理由很簡單，因為他皮膚很白又會日語。可是我忽然想起搜山時的事情。當時我戴著斗笠，混在搜索隊伍裡。撤退時，我聽到崔上校不經意地說了一句話。我認為這句話具有相當重要的涵義。」

「崔上校說了什麼？」

他的父親這麼問。

「他說搜山很像野戰。他還朝葉中校補了一句話，說還是交給你這種專家比較好。」

「哦，這麼說來，我也有聽到這句話。」陸樞堂說。

「我也聽到了。」我也附和。

「換句話說，葉中校是擅長野戰的軍人，但崔上校不是對吧？軍統局的軍人，大多不懂野戰，因為他們的任務大部分是諜報或策略……。崔上校不懂野戰，所以我才懷疑他。不過，這只是我完全不考慮犯罪的方法和經過，針對動機鎖定可疑人物後所思考出來的答案。沒想到竟然和爸還有楊先生的推理結果一致，這到底是怎麼一回事呢？」

陸宙這麼說，同時注視著我的臉。

「如同我剛才的聲明，我是從川崎少佐的事件去思考的。」我說，「殺死川崎少佐的兇手，和殺死趙將軍及林景維的是同一個人，假如這個可能性很高，或許有參考價值……。可是，我還是想不通。」

「為什麼？」陸樞堂問。

「我不清楚趙將軍遇害時的情況，但是林景維遭到殺害時，我和崔上校在一起……。」

我答道。

「總之，把你在紙上寫下『崔』這個字的根據告訴我們吧。」

陸樞堂提出這樣的要求。

「好的，」我雖然答應了，但我對於接下來要說的話沒什麼自信。因此，我的聲音也變得有點低，「其實是因為不在場證明……。川崎少佐遇害的那天晚上，明明沒有人問崔上校，他卻不經意地說出自己的不在場證明。案發的時間點，他說他在台北的宿舍睡覺。問題是，他也在別的場合說過自己很難入睡。他很怕吵，只要有噪音就會睡不著……。他說的台北宿舍，就是我家附近的八仙樓。那天晚上，八仙樓對面的李家爺爺在慶生，鑼聲、鉦聲和鞭炮聲不絕於耳。我忽然想起這件事，當天那麼吵，崔上校絕對不可能睡得很安穩……。這麼一來，他的不在場證明就變得很可疑了，不是嗎？」

「原來如此，虧你想起這麼重要的事啊！」陸樞堂說。

「只有這個理由嗎？」陸宙問。

「說來慚愧，就只是因為這樣。」

「好，接下來輪到爸了。」

陸宙凝視著父親的臉。從他的態度可以得知，他非常信任父親。看得出來他很期待，終於可以聽到最重要的關鍵了。

「我想事情的方法是，」陸樞堂說，「這個方法沒辦法推薦給別人就是了⋯⋯。只要找到部分的線索，我就會擅自設想出某種情況。若是搞錯了，就必須回到起點從頭來過，會繞很大一圈。若是猜對了，很多條件都會一一吻合，自然而然就解決了。」

「這次進行得很順利嗎？」兒子問道。

「好像很順利，」陸樞堂說，「總之，讓我設想出某種情況的契機，就是掉到谷底的腳踏車沒有置物架。」

「怎麼說？」兒子又繼續問。

「為什麼要拆掉置物架，就是因為上面留下了犯行的痕跡吧？腳踏車的置物架是用來載東西的——要說到是什麼痕跡，八成就是血跡吧？我是這麼猜的。於是，我完成了一個殺人故事。故事的重點在於腳踏車具有縮短時間、運送東西的功能——這兩個因素構成了故事。」

「這個殺人故事是怎樣的故事？」

我不由得往前探出身子問道。

「你在槍響後趕到現場所看見的，或許並不是林景維的屍體。」陸樞堂面露微笑這麼說。

「不是林景維！」我驚訝地回應，「那是誰？」

「我想應該不是人，而是把很像人的人偶之類的東西，穿上衣服、戴上帽子後擺在那裡……。你距離屍體很遠對不對？」

「是啊，離得很遠……。」

「而且，你打算靠近，崔上校卻阻止你，沒錯吧？」

「是的，崔上校說對方可能有槍——他都這麼說了，我就沒有靠近……。問題是，那槍聲怎麼解釋？」

「應該是定時裝置吧，這是我的解釋。設定的時間一到就會開槍，所以不能太早抵達。聽說你們在抵達前休息了一會兒，是不是崔上校提議要休息？」

「沒錯，就是他提議的。」

「也就是說，那次休息的目的，就是在等待槍聲響起。這麼一來，另一個條件也吻合了。接下來崔上校就交代你布署人員、找醫生，把你從現場趕走。」

「原來如此……。我是被趕走的啊？」

我半信半疑地注視著陸樞堂的臉，喃喃說道。

「把你趕走之後，」陸樞堂繼續說，「崔上校就跳上事先藏好的腳踏車，去找還活著的林景維。他應該是在前山的聯絡道路。姓崔的用另一把小型手槍殺了他，但是沒有一槍斃命。因為他射偏了，沒有命中心臟。為了給倒地的林景維致命的一擊，便用槍托揍了他。我想他用的一定是平常掛在腰間的大槍，而不是小型手槍，因為小型手槍不好使力。」

「既然要置他於死地，為什麼不選擇再補一槍，卻要用揍的呢？」

我問。

「你不要忘記了，他讓你聽到的槍聲只有一次。假如事後在屍體上發現了兩顆子彈，這樣不是很奇怪嗎？」

「啊，說的也是，」我點頭同意，「然後呢？」

「然後他就檢查現場附近，如果有沾到血就用土壤蓋過，想辦法湮滅證據。接著他把屍體搬上腳踏車，運到現場和假遺體交換。定時裝置、假遺體、還有腳踏車等等，這些東西都是前一個晚上就準備好的。他肯定也事先挖好了要埋藏這些東西的洞穴。楊先生，你說兇手可能躲在窪地裡的時候，崔上校怎麼說？」

「他告訴我，榕樹下的竹子動了。」我答道。

「那是為了讓你轉移注意力。要是被你看見窪地裡有什麼，那就慘了。當時那裡八成還有一個大洞。腳踏車處理起來比較棘手，他預計要推下山谷，但是置物架上沾滿了血跡。雖然用水就可以沖乾淨，偏偏山上卻沒有水。就算用沙子搓，也不一定能徹底搓掉……。既然如此，不如乾脆把置物架拆了。軍統局的人應該都隨身帶著工具。他拆下螺絲釘，把置物架扔進洞裡，然後把腳踏車推落谷底。」

陸樞堂的口氣，與其說是推測，其實更接近斷定。陸宙和我聽他的話聽得很陶醉。他的設想方式看起來武斷，卻出乎意料地具有說服力。除了說話內容，陸樞堂本身散發的氛圍，也有一股令人信服的力量。

我們就像是被他迷惑似的，偶爾點點頭。他繼續往下說。

「崔上校趕走楊先生之後，做了以上這些事。對了，他還要用土把洞填滿。前一天晚上，他挖好洞之後，應該沒有把鏟子帶走。他用鏟子把土填滿，鏟子也必須埋進去才行。最後的填土工作，應該是手腳並用吧？然後用腳把土踏結實，做最後的收尾。你還記得崔上校一面嚷嚷著：『兇手實在太殘忍了！』一面在窪地裡來回踱步嗎？就是為了把土壤踏得結實一點。他把腳踏車拿到距離稍遠的地方扔掉，現場附近的輪胎痕跡，他應該用鞋子抹掉了。前山的聯絡道路或許也有胎痕，要全部湮滅必須來回再跑一趟，他恐怕沒有足夠的時間。這就靠搜山的人幫他消滅了，畢竟他們奉命找的是『人』，而不是輪胎的痕跡。」

「看來一切都合乎邏輯了。」

我說。

「設想成這樣的情況後，其他條件也會逐一吻合。」陸樞堂說，「好比槍聲。楊先生，聽你的敘述，你是在飛機飛到山上時聽見槍聲。可是在前山步道出口的水牛老師卻說，他是在飛機離開一陣子之後才聽見槍聲。水牛老師沒有聽見後山那個定時裝置的槍聲，只聽見崔上校實際開槍殺人的槍聲。崔上校是騎腳踏車衝刺，頂多相差十分鐘左右吧。一般來說不會注意到這一點差別。但因為出現了飛機這種可以判別時間基準的高速工具，才能清楚分辨時間的不同。」

「準備得好周到啊。」

陸宙說。他似乎也深信父親的假設。

「看似準備周到，」陸樞堂說，「其實幾乎都是當下立刻計畫的。我猜景維回家之前，或是在後來散步的時候，曾經遇見崔上校。昨天早上，他們肯定約好要在山上見面。崔上校就在那之後突然擬定了計畫。聽到楊先生是近視眼，或許給了他一個啟示。容易相信別人的單純青年，再加上視力不好……恕我直言，你被他利用了。」

「原來是這麼一回事……。」我不寒而慄。

「約好在山上見面，又是怎麼一回事？」

「我不知道，」陸樞堂回答，「不過，按照景維的個性，他可能拿了趙將軍的事去恐嚇崔上校吧？我左想右想，總覺得是這樣子。」

「崔上校應該有答應他的要求，」我說，「比方說同意把日軍埋藏的皮箱中的鑽石分給他，當作封口費……。」

我想起了林景維曾經提到，近期內他會得到一筆鉅款。崔上校肯定是遭到恐嚇。若被人知道他們協助趙百文倒戈，林景維本身會受害，但身居要職的崔上校更會遭受重創，恐怕會危及性命。殺害趙百文的事，說不定也會被攤在陽光底下。終戰後就流傳著日軍埋藏寶藏的傳聞，崔上校或許利用了這個傳聞吧？

「總之，他確實約了林景維見面。」陸樞堂說。

「川崎少佐也像他一樣，被約出去了嗎？」陸宙問。

「應該是」，陸樞堂斬釘截鐵地說，「根據楊先生的說法，警備司令部的傳喚狀，是在川崎少佐死後才寄到的。可是緒方大佐卻說，川崎少佐似乎早就知道這件事，一定是崔上校通知他的。然後，崔上校就說要找他商量這件事，還指定見面的時間和地點。這件事是祕密，川崎少佐當然不會告訴別人。趙百文能夠逃到台灣，八成是崔上校和川崎少佐兩人攜手合作吧？我認為是這樣。」

「地點是水利會的後面……夜色昏暗，懷著殺意的崔上校手拿武器……。」陸宙一臉陰鬱地喃喃說著。

「必須快點解決這個事件才行。」陸樞堂說。

「對方是軍統局的相關人員，應該很棘手吧？」陸宙說。

陸樞堂沉思了一會兒。

「我認識一位王少將，我把這件事告訴他吧。就算是軍統局的人，只要掌握到罪證確鑿的現場，想推託也推託不了。」

「您說的現場是指？」我問。

「讓崖上校挖那個啊。」

「怎麼做？」

「我們來設個圈套。我們也來利用日軍埋藏鑽石的傳聞。就說當局要試著挖掘，他一定會把埋藏的證據移到別處，我們只要目擊到現場就行了。」

「菩薩山這麼大，該怎麼做？」

「埋藏證據的地方，我大概知道在哪裡，就是崖上校來回踩踏的那個窪地。絕對是那裡錯不了。屍體附近只有那裡是凹陷的，從遠處看不見那個凹洞。若在別的地方挖洞，會被他特地帶上山的屍體目擊者，也就是楊先生看到。我想就是那個窪地不會錯。我來拜託王少將，要他透露他會去挖掘那裡。我們只要趁崖上校企圖搶先把東西挖出來時，逮住那個現場……。」

就像這樣，最後一幕的大綱寫好了。

崖上校按照故事大綱來到山上。然而，比他早一步來到這裡的葉中校，並不在出場角色的預定名單中。

「原來葉中校也聽到了啊，」王少將失落地俯視著葉中校的屍體，「戰爭期間，我曾經和他隸屬同一師。戰後也曾經在上海見過面。市政府的人還曾經帶我們一起去過舞廳。當時他還生氣地發牢騷說：『真是太奢侈了！』……畢竟軍人領的薪水少得可憐嘛，也難怪他會想要裝有鑽石的皮箱。」

崔上校留下了一個波士頓包。

陸樞堂彎下身打開了包包。裡面有一把攜帶用的鏟子。鏟子的頭和柄是分開的，可以套上去。陸樞堂抓起把柄拉了一下，它就像相機的腳架一樣伸長，變成原本的兩倍長。

「到頭來，這個沒有派上用場呢。」他喃喃說道。

崔上校埋的鏟子，葉中校帶來的鏟子，還有包包裡的鏟子，共計三把鏟子。

除此之外，包包裡還找出了大的麻袋。想必是要裝挖出來的東西，然後運到別處吧。

陸宙用葉中校的鏟子，不發一語地挖著土。只要挖到東西，他就扔到我們腳邊。

第一個挖到的是腳踏車的置物架。

王少將把置物架撿起來。

「上面有血跡嗎？」他高高舉起。

我也一起盯著看。置物架沾滿土壤，看不出來上面是否有血跡。

接著扔過來的是一個四方形盒子，好像是定時裝置。陸樞堂把它撿起來，開始仔細端詳。

接著還挖出了小型手槍。

下一個扔到我腳邊的是裹著中山裝的稻草人。

「好像都挖出來了。」陸宙說道，然後把沾滿土壤的巴拿馬帽扔過來。

稻草人的下半身是竹竿，還穿著長褲，末端綁著便宜的帆布鞋。我竟然被這種玩意兒給騙了。

我解開稻草人身上衣服的鈕扣，它胸前貼著一塊布。因為有外衣保護，那塊布沒有被土壤弄髒。布上有「羅斯福」的字樣。

「我竟然被羅斯福給騙了……。」

我用自嘲的口吻喃喃說著。

陸樞堂則是拿起帽子。

「楊先生看到屍體的時候，有戴帽子是吧？」他問。

「是的，」我回答，「看起來像是有戴。因為我是近視眼，看得很模糊就是了。」

「這就是那頂帽子，」陸樞堂說，「他必須拿東西遮住人偶的頭。可是，後來他殺害景維的時候只能開一槍，在迫不得已的情況下，才會臨時起意揍他的頭。當時景維已經中槍倒地，帽子也脫落了。頭上有傷的人，怎麼可能戴帽子？崔上校揍了他之後，肯定發現自己闖禍了。畢竟他讓你看到的假遺體有戴帽子。我趕到的時候，崔上校拿著這頂帽子，就是為了掩飾。」

躲在雲後的月亮再度露臉，四周變得明亮許多。

「原來是稻草人啊……」陸樞堂苦笑道，「說來惶恐，我還以為是用佛像呢。不過迎雲寺裡確實有七具佛像，我左思右想，實在想不通他到底用什麼代替。這麼說來，稻草人搬起來比佛像方便多了。」

「對了，」我也想起了一件事，「上次我發現有兩具用來練刺槍術，當作『標靶』的稻草人，原本今天想拿來當坐墊，卻只看到一具。」

陸宙把鑰子放在地上，然後把另外兩把排在旁邊。

「有三把鑰子啊……。」

他這麼說，同時拍掉手上的土壤。

排在一起的鐽子有三把。我們四人也並排在一起，從步道邊緣俯視菩薩的肩膀。

岩石之間的白色物體依舊動也不動地留在原地。假如我的視力再好一點，或許可以看見纏在他身上的那條黑色鎖鏈。

「雖然他是個壞人，但是他已經死了，躺在菩薩的肩膀上。我們為他默禱吧。」

王少將這麼說，於是我閉上了雙眼。

毫無關聯的景象，斷斷續續地浮現在眼底。東京空襲的火焰……當時，我努力要活下來。我想任何人都像我一樣。有各式各樣的人，用了不同的求生方式……。而其中一種結果，就呈現在我眼前。

我睜開眼，看見王少將瞪著斷崖下。陸樞堂依舊閉著眼默禱，我再次往下看，聚精會神地盯著那個白色物體。

看著看著，白色點點彷彿開始冒泡，我的眼睛也疼起來了。

尾聲

隔天舉辦了林景維的葬禮。

按照流程辦完葬禮後，棺木便由年輕的男性親戚抬出林家。受僱的兩名少年站在最前方，負責扛著旗幟。女人們身穿麻製的白色孝服，頭戴類似三角頭巾的東西，低著頭哭哭啼啼地往前走。她們的隊伍旁邊拉著繩子，這條繩子固定在棺木上。她們低著頭，用手帕按住眼角，摸不清方向。繩子除了有牽引棺木的意思，也扮演著不讓她們脫隊亂走的重要角色。男人們穿著國民領襯衫或西裝，上面披著粗布做的孝服，頭上綁著頭巾。頭巾的額頭部分則別上孝誌。

彩琴和珠英也在女人的隊伍中。她們姊妹沒有低頭，筆直地看著前方步行。我還看到了陸宙，死而復生的他，現在成了送走死者的人。

長長的隊伍來到公車道。

這時候，對面也出現了一列長長的隊伍朝這邊走來。那是為了進行遣返，準備前往基隆的日軍。葬禮的隊伍幾乎沒有揚起沙塵，士兵的隊伍卻不斷揚起沙塵——他們就要回到有父母兄弟和妻子兒女等待的祖國。

然而，士兵的隊伍也算是一種送葬的隊伍。日本統治台灣長達五十年，終於要畫下句點。他們即將從這座島嶼撤退，軍靴的隊伍正送走殖民統治之死。

兩個送葬隊伍擦身而過。

士兵中有一名准尉，捧著一個從雙肩用白布掛著的盒子。那是川崎少佐的骨灰。包裹盒子的白布，還夾著一個信封——信封上寫著「致兄長大人」。

緒方大佐和王少將，並排走在隊伍的最後。兩人的體型雖然不同，背影卻酷似得令人吃驚。

沒有風，悶熱得很。送葬的隊伍也熱得相當難受。士兵們扛著龐大的行李，模樣也十分痛苦。

一個故事到此結束，落幕了。緊接著，全新的舞台即將拉開序幕。而這個全新的舞台，或許也會有落幕的那一天。

【解說】菩薩為何憤怒？

※本文內容涉及故事謎底，請讀完小說後再行翻閱。

我非常喜歡本書的開頭。以「紅與黑的奇妙混合」言簡意賅地交代了台灣複雜的歷史。簡潔之餘，閉上眼，彷彿就能看到以現今的總統府為中心，擴散開來的黑瓦／紅瓦景象，是非常形象化的描寫。瞬間便能夠理解兩個民族宛若黑與紅般，放在一起也許還算協調，但兩者間卻存在著決定性的差異。

本書的結尾也使用了這樣的描寫方式。記得首次讀到結尾時，我內心的激動簡直無法言喻。兩列相異的送葬隊伍，沒有揚起沙塵的林家，送的是自中國歸來，卻又因在中國結下的前因而丟失性命的長子林景維；揚起沙塵的日軍，迎向復員的同時，也一併替政權的死亡送葬。「贏了」的那方，其行列是悲傷的送葬隊伍，送葬的對象，是在戰爭結束之後仍因戰爭而死的青年；「輸了」的那方，卻是期盼著回鄉重新開始的復員隊伍——身處此時今日，以後見之明來閱讀此段，這場景宛若作家對日後兩國人民處境的評判。

儘管戰爭有輸有贏，但對於人民來說，「失去」卻是無論輸贏都不可避免的。在書末，台灣的林家失去了林景維；在復員的日軍隊伍中，也有在戰爭結束之後才失去了性命的川崎少佐，他的骨灰由某位准尉捧著，準備回到日本，交給他那以為手足都平安無事的妹妹。透過這樣的描寫，陳舜臣隱晦地暗示了國民政府與日殖政權之間的相似程度。於是，稍後幾行，描寫緒方大佐與王少將之間「體型雖然不同，背影卻酷似得令人吃驚」時，作者的用意也就昭然若揭了。

同樣地，小說最後一幕發生在「沒有風、悶熱得很」的天氣之下並非偶然。此一對天氣的描繪，除實寫台灣日常風景外，無疑也預示島嶼有很長一段時間將處於「無風地帶」，外界的「聲音」將不得而入。「風會把聲音帶過來。」小說家在故事中段這麼說。「只要有風，後山的聲音也會傳到前山來。」於是，這樣的結尾，無形中也與開頭的「朝風丸」有了前後呼應的對比：搭乘「朝風丸」回到故鄉，熱切期盼故鄉新生的楊輝銘與林彩琴兩人，他們回國前的盼望，與回國後的現實之間，存在著如此巨大的落差——你以為你將享受自由的風，沒想到故鄉卻成了無風地帶。

對我來說，這就是陳舜臣筆法的精妙之處。他從不刻意炫耀知識，也少對文字精雕細琢，而是喜以簡練扼要的文字，摘取最能表現其觀點的意象，將之雜揉在故事中，自然而然地在我們的腦海裡種下了作家意欲傳達的理念與想像。

這樣的特點也表現在他推理層面的寫作上。有一種很常見的說法是，陳舜臣的小說之所以受日本讀者歡迎，是因為以簡要的言詞解釋了許多「非日本」的概念；反過來說，對文化背景同質性高的中文世界讀者而言，這些解釋太過干擾瑣碎。對於這樣的說法，我抱持著理解但不全然贊同的態度——畢竟，所謂的「文化背景」，並非生來就隨手可得，閱讀也是養成它的要件。無論是否同意這個陳述，相信都不會有人否認陳舜臣偏好在敘述中插入解釋的寫作風格。然而此一風格上的特徵，在本書中反而成了絕妙的遮掩。

在〈兩輛腳踏車〉這一章，作者巧妙地將被當作運屍工具的腳踏車拉到讀者眼前，同時介紹了「免打氣腳踏車」的特性——而當讀者都認為那不過是作者對於細節的專注癖好又一次發作之時，他其實已經悄悄地將「公平性」置入到小說之中。透過這樣的手法，陳舜臣漂亮地完成了「對讀者的挑戰」。於是，當我看到陸宙等人解開了菩薩山密室之謎的那剎那，我也忍不住和撰寫日版解說的小說家伴野朗一樣，發出了「好一部經過縝密考慮的推理小說」、「幾個伏筆安排得非常自然」的讚嘆。手法類似結果卻相反的例子，是對「佛像」的細緻描寫。領悟到作家對腳踏車的描寫別有深意的讀者，在讀到作家對佛像同樣細緻的描繪時，一定會認為佛像在案件中扮演著重要的角色吧？然而當謎底揭曉，卻是更輕便好用的稻草人取代了佛像，成為關鍵的詭計要角（更氣人的是，陳舜臣一早就安排好了稻草人的出場）。就這樣，不落入陳舜臣「詭計」的讀者，我想應該屈指可數。也難怪伴野朗會有「經過縝密考慮」這樣的感想了。

除了文學上的象徵隱喻與推理線索的埋藏外，陳舜臣也很擅長將兩者交織為小說的有機部分。陸宙與林景維在重慶遭遇到的火災事件即是一例。林景維「死而復生」後，說出了他與陸宙生死反轉的關鍵事件，也就是由菸引發的災難。一邊抽菸一邊聽聞此事的楊輝銘，藉機（在心中）批判了國府實施的專賣制度。這不消說，是欲以此暗指二二八事件的導火線「陳江邁遭緝私菸案」

一事。藉由將關鍵物品納入小說構圖，陳舜臣得以借力使力地陳述他的觀點，同時不破壞故事本身應有的節奏。此點亦展露在兇手身分的設定上。小說前半所描述的崔上校，溫和而不懂日語，和同伴葉中校都是「如假包換的中國人」。而對「祖國」心嚮往之的主角楊輝銘，儘管在下船後便一直聽到「阿山仔」的壞話，卻總不願輕易聽信。認識崔、葉兩人後，更一度被崔上校的氣度與其所陳述的理念感動。然而崔上校這個「如假包換的中國人」，最終卻因為要遮掩自己的罪行，不僅殺了「漢奸」趙百文，殺了「敵人」川崎少佐，殺了「台灣同胞」林景維，連同儕「大陸同胞」葉中校也難逃毒手。面對此一終局，對於楊輝銘而言，宛若親身經歷了台灣人從熱切期盼「光復回歸」，到以「狗去豬來」四字嚴厲批判中國政權的心路歷程。

然而，當事件已然發生，再多的憤慨都喚不回逝去的生命之時，該如何面對未來？作家說，你們要攜手找出真相。於是他安排了舊文人兼本省地方仕紳的陸樞堂、新世代的陸宙、日本歸來的楊輝銘，循著三種不同的思考路徑，尋得了同樣的真相：陸樞堂著眼於案件、陸宙從動機入手，而楊輝銘則拆穿虛偽的不在場證明。其後，三人取得外省人王少將的協助，組成「偵探團」，一同揭開兇手的陰謀。值得一提的是，作家在此處玩心大發。本章中出現了三把鏟子，分別是「崔上校埋的鏟子，葉中校帶來的鏟子，還有包包裡的鏟子。」同樣地，也有三人各自推理出案件真相的三種思考方法。篇名的〈三把鏟子〉，原文是「三本のシャベル」，而鏟子的「シャベル」，又恰好與說法的「喋る」同音。除了詭計的布置與解謎需要外，此處應該也有作家的小小玩心吧。

除了書寫技巧出類拔萃，陳舜臣在議題選擇上亦是堪稱精準。本作所有事件，究其因，其根源皆在「漢奸」問題。而這也正是戰後初期困擾所有台灣人的問題。什麼樣的人算是「漢奸」？所謂的漢奸，應該是符合「漢人」與「通敵」這兩個標準吧？然而仔細檢視中日戰爭史，將發現通敵與抵抗或許只是一枚硬幣的兩面。趙百文到底是要出賣中國，還是確實信服汪精衛「曲線救國」的路線而欲投效之，又有誰能確認呢？另者，如川島芳子，作為滿人，竟也以「漢」奸罪論處，這又是怎麼一回事？而回到台灣，由於日本是合法取得台灣作為殖民地，因此戰爭中台灣人效忠日本而與中國敵對的行為，不能冠以漢奸之名——儘管如此，台灣警備總司令部仍在一九四六年一月展開「全省漢奸總檢舉」。儘管國民政府的司法院於同年一月底認定台灣人「被迫應徵、隨敵作戰，或供職各地敵偽組織，應受國際法上之處置，自不適用《懲治漢奸條例》」，警備總部仍在三月以《懲治漢奸條例》之名逮捕預備主張台灣獨立的辜振甫、林熊祥等台籍仕紳十數人。這又是怎麼一回事呢？即使未獲問罪，一般的台灣人也被認定受「奴化教育」，因而並非「堂堂正正的中國人」。即便台灣人苦苦抗議，也有省外人士認為此說不妥，但官方大抵依然如此定調。在台灣省行政長官公署編印的〈台灣省二二八暴動事件報告〉中，更將事因歸於「日本奴化教育之遺毒」。陳舜臣在自傳《半路上》也如此記述：

一九四七年三月十日的紀念週上，蔣介石也談及了二二八事件，定調爲日本統治餘毒加上共產黨員煽動造成的暴動。

所謂日本統治的餘毒究竟是什麼？或許是指穿木屐、說日語、閱讀日本書籍吧，但我不懂這與二二八事件有何關聯。

若陳舜臣知道在七十年後的今日，依然有人抱持著這樣的看法，堂而皇之地提出「漢奸論」、「皇民論」的話，怕是會更覺不解吧？因此，若說「漢奸」是戰後台灣最大卻也最不被理解的議題，應不誇張。而這正是陳舜臣在本作中要加以質問的——「大家都知道他不會被錢或地位收買」的趙百文是「漢奸」嗎？因兒子投奔中國成為「日奸」，為了洗刷此名而主動協助日本的彩琴父親是「漢奸」嗎？在莫須有的罪名重壓之下，又有多少人因此或鋌而走險，或無奈送命呢？在二戰結束七十年後的今日，我們準備好面對這些問題了嗎？

當然，《憤怒的菩薩》也不全是這般精心鋪陳與細膩安排。閱讀本書時，我時常驚異於作家在首作《枯草之根》中顯得悠然自遠的小說筆法，在第四作的本作裡，卻難以自抑地顯現出或悲傷或憤怒的情感波動。這或許是因為作家採取了第一人稱的寫法所導致的吧！而若搭配作家的自傳《半路上》來看，我想這樣的波動當會更加顯明。在《半路上》一書中，陳舜臣這樣記載了他的二二八經驗：

二月二十八日當天雖然也有開槍，但新莊幾乎聽不到聲音。三月八日的槍聲，因為有萬餘人的軍隊臨陣胡亂掃射，聲音就非同小可了。其中還包含了一些機關槍……當時聽得出來那可能是槍聲，但不知道究竟發生了什麼事情……當時我所聽到的槍聲，究竟殺死了多少台灣人？

只在遠處聽聞槍響，這件事讓我感到非常內疚。隨著那些槍聲，同胞的性命一個一個隕落，而自己當時對此沒有切實感受，讓我至今仍懷抱著罪惡感。如果被問到當時是抱著什麼樣的心情聽著那些槍響，我只能回答：

——懷著滿心的祈禱聽著。

如果問我祈禱些什麼，就是祈求實際聽到的那些槍響，不是恐怖的殺人槍彈聲，只是威嚇用的空包彈聲響。

而對於元兇陳儀，下筆一向溫和的陳舜臣，則寫下了這樣的句子：

陳儀這幫人，把所有的台灣知識分子都視爲敵人。

之後，他不無痛惜地寫下那些他所識所知的知識分子被害的經過。陳舜臣在一九六二年撰寫《憤怒的菩薩》時，之所以將舞台設置在一九四六年，或許就是想避開那段讓作家到了二〇〇三年出版回憶錄《半路上》時仍無法忘懷的傷痛回憶，而專注於捕捉當時那山雨欲來的氛圍吧！然而，即便如此，《憤怒的菩薩》字裡行間仍隱約透露出作家的心傷，而從一九六二到二〇〇三年，四十多年的時光，並未讓傷痕稍淡——我有這樣的感覺。

而這樣一路想下來，關於「本書為何命名為《憤怒的菩薩》？」這個先前一直橫亙在我心頭的疑問，答案的輪廓也逐漸浮現。回視小說，作為陳舜臣化身的主角楊輝銘不時強調「佛像長得像台灣人」。這樣的聯想，無疑來自於小說家本人的兒時經歷——他幼時曾經爬上神桌，對著神像喃喃自語「台灣人是這款的」——即便當時還未曾涉獵佛教藝術，年幼的陳舜臣似乎就已經本能地感受到，佛像的風格會受民族的性格所影響。我一直到去年至泰北遊玩，在當地見到蘭納佛像與素可泰佛像之間的差異，才像是電線接上電一般理解了年幼的陳舜臣所理解的到底是什麼。「菩薩」除了是菩薩山／菩薩庄的名號、是佛像本身之外，祂也是雕塑者民族的化身——而這個雕刻的風格，既非中國式的，也非日本式的，而是台灣本地的特色文化，是「台灣人」的雕刻風格。祂就是台灣人的化身。

然而，菩薩慈悲為懷，又到底因何而怒呢？藏傳佛教中有所謂「忿怒尊」的說法，北傳佛教中亦有「金剛怒目、菩薩低眉」一語的流傳，而無論是菩薩又或金剛，顯現怒相的目的皆在於遏止惡人的惡行。施以懲戒之外，亦望其不再造惡業，以免未來遭受苦果業報。因而，儘管怒目對之，但目的卻是望其最終能改惡行善。此相只對異常頑劣而難以渡化之眾生顯現，而現此相的菩薩，本身亦須做到不起瞋恨、善觀因緣——這，或許就是作家本人的期望吧？

菩薩為何憤怒？

你認為呢？

路那（推理評論家）

POC 02

憤怒的菩薩（電視劇書衣版）

怒りの菩薩

作　　者	陳舜臣
譯　　者	游若琪
叢書主編	陳思宇
日文編輯	羅晨音
企劃編輯	郭姵妤
封面設計	井十二設計研究室
內文排版	邱　筠 ychiuu@gmail.com
印　　刷	漢藝有限公司
二版一刷	2018 年 8 月
定　　價	350 元
I S B N	978-986-95945-4-7

出 版 者	游擊文化股份有限公司
地　　址	106 台北市大安區泰順街 24 號地下室
電　　郵	guerrilla.service@gmail.com
網　　站	https://guerrillalibratory.wordpress.com
臉　　書	https://www.facebook.com/guerrillapublishing2014

本書如有破損、缺頁或裝訂錯誤，請聯繫總經銷。

總 經 銷	前衛出版社 & 草根出版公司
地　　址	104 台北市中山區農安街 153 號 4 樓之 3
電　　話	(02)2586-5708
傳　　真	(02)2586-3758

國家圖書館出版品預行編目資料 CIP

憤怒的菩薩
陳舜臣著；游若琪譯
一二版
一台北市：游擊文化，一（POC：2）2018.08
336 面；14.8 x 21 公分
譯自：怒りの菩薩
ISBN 978-986-95945-4-7（平裝）

861.57　　　　107011961